書下ろし

夏《か》炎《えん》

風烈廻り与力・青柳剣一郎⑳

小杉健治

祥伝社文庫

目次

長命寺
浅草寺
吾妻橋
隅田川
向島
根津
下谷広小路
不忍池
石原町
亀戸天満宮
本郷
神田佐久間町
蔵前
池之端仲町
「玉雲堂」
神田川
両国橋
小伝馬町
昌平橋
浜町
新大橋
江戸城
本材木町
南町奉行所
八丁堀
深川
鉄砲洲稲荷
元数寄屋町
「大津屋」
南小田原町
「伊右衛門店」
増上寺
北
西
東
南

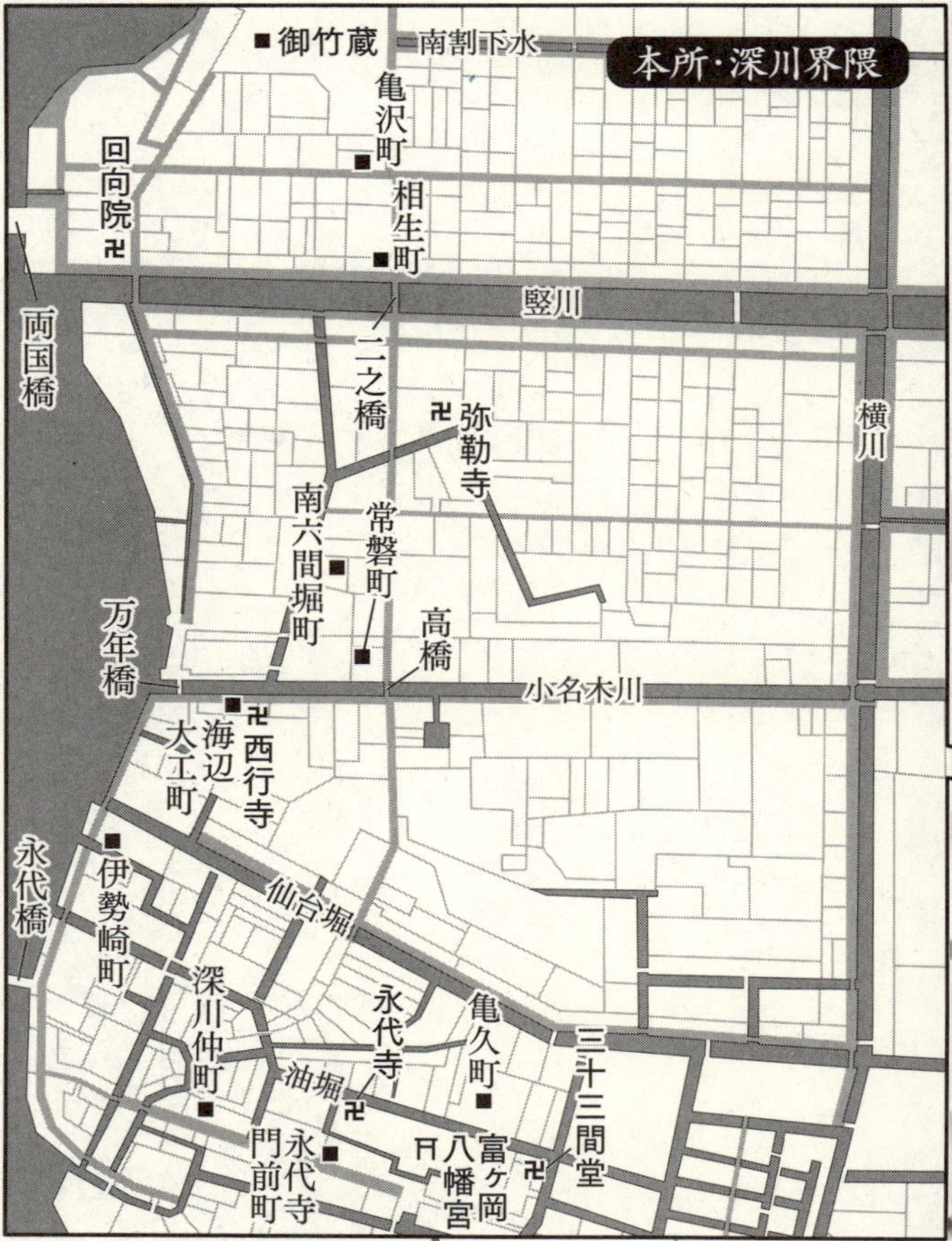
本所・深川界隈
御竹蔵
南割下水
亀沢町
回向院
相生町
両国橋
竪川
二之橋
弥勒寺
横川
南六間堀町
常磐町
万年橋
高橋
小名木川
海辺大工町
西行寺
永代橋
伊勢崎町
仙台堀
深川仲町
永代寺
亀久町
三十三間堂
油堀
永代寺門前町
富ヶ岡八幡宮

「夏炎」の舞台

第一章　過去からの男

一

陰暦七月二十日。厚い雲が上空をおおっている。いまにも降り出しそうだ。遠くから、夜五つ（午後八時）の鐘が聞こえてきた。

男がひとり、前屈みになって、すたすたと堀沿いの暗がりを数寄屋河岸《すきやがし》まで歩いてきた。昼間なら右手に城壁が見えるが、いまは闇の中に沈んでいる。

男は立ち止まった。中肉中背だが、肩の筋肉は盛り上がっている。毎日、重たい荷を提げた天秤棒《てんびんぼう》をかついでいるせいだ。

ちらっと数寄屋橋御門のほうに目をやってから、反対方向の元数寄屋町《もとすきやちよう》二丁目に足を向けた。

今年はとりわけ残暑が厳しく、夜になってもむっとするような熱気が襲いかかる。大店《おおだな》の並ぶ通りに行き交うひとの数は少ない。

呉服問屋『大津屋《おおつ》』の前で、男は立ち止まり、辺りを見回した。それから、素早く、路地に駆け込んだ。

男は裏口の前に来た。そこで、懐《ふところ》に手を入れ、匕首《あいくち》を確かめた。よし、と頷《うなず》いてから深呼吸をする。

次に男は尻端折《しりっぱしょ》りをし、草履《ぞうり》を脱ぎ、懐にしまってから足袋《たび》を履いた。動きを自由にするためだ。

それから、手拭いで頬《ほお》かむりをした。そして、戸に背中を当ててしゃがんだ。男の姿は闇の中に隠れている。

戸に耳をすましていれば、内側にひとの気配がすればわかる。五つ半（九時）に、手代が戸締りを確かめにやってくることは、すでに調べてあった。

ますます雲が重く垂れ込めてきた。ずっと夜空を見上げていると、黒い雲に食いつかれそうになる。

この路地にひと気はない。向かいは酒問屋の裏手で、大きな土蔵があり、ここはまったくひとの目の届かない場所だ。

男は落ち着かず、ときおり吐息を漏らしたり、匕首をいじって、気を紛らわせた。

遠くで座頭の吹く鋭い笛の音が聞こえた。やがて、その音が近づいてきた。聞き耳を立てていると、笛は遠ざかって行った。

静かだった。犬の遠吠えがしたが、それ以外は物音ひとつしない。

塀の内側に足音が聞こえた。男は素早く立ち上がり、戸に耳を押しつけた。

戸のそばにひとが立った。閂《かんぬき》がかかっているのを確かめているようだ。男は戸を叩いた。息をのむ気配が伝わって来る。

男はもう一度、とんとんと叩いた。

「誰だ？　誰かいるのか」

甲高《かんだか》い男の声がした。

男はわざと苦しそうな声を出した。

「私だ。怪我をしている。開けてくれないか」

「どなたですか」

内側の声の調子が変わった。

「私だよ。お願いだから、早く開けておくれ」

男はなおも作り声を出した。

まだ家人が寝入るには早い時刻に盗人ではないと思ったのか。戸が静かに開いた。

男は戸を引っ張っていっぱいに開けて飛び込んだ。内側にいた手代とおぼしき男があっと悲鳴を上げる前に体当たりを食らわせた。

相手が倒れると、その腹部を踏み越えて、奥に向かって走った。

男は手代が出て来たと思える勝手口の戸から屋内に入り、板の間に駆け上がった。そのまま、廊下を奥に向かった。

背後で悲鳴が上がった。男の姿を見た女中が騒いだ。しかし、男は構わず、暗い廊下を奥に行き、明かりのついている部屋の障子《しょうじ》を開けた。

「なんですか、おまえは？」

年配の男が後《あと》ずさって叫ぶ。

「音次郎《おとじろう》とおちかはどこだ？」

男はそう叫びながら、部屋を突っ切り、襖《ふすま》を開けた。暗い部屋には誰もいない。屋敷の中が大騒ぎになった。

それでも、男は次々と襖を開けていった。

そして、その襖を開けたとき、音次郎がしがみつくおちかをかばって震《ふる》えていた。

「盗人か」

音次郎が叫んだとき、背後に店の者が駆け寄って来た。

男は匕首を抜くや、音次郎とおちかのところに突進した。

おちかが悲鳴を上げた。男は音次郎の肩に斬りつけた。逃げるのが早く、切っ先が掠《かす》めただけだ。

すぐに、おちかの胸に匕首を突き刺そうとした。だが、番頭らしい男が体当たりして来た。男は番頭といっしょになって転げた。

「ちくしょう」

男は素早く立ち上がり、起き上がろうとした番頭に足蹴りをくれた。

音次郎とおちかは別間に逃れた。男は追った。周りの者は匕首を警戒して、迂闊《うかつ》にかかってこなかった。

「お役人はまだか」

さっきの年寄りが喚《わめ》いている。

「音次郎。おちか。おめえたちの命はもらった。覚悟しやがれ」

男は音次郎に向かって匕首を振りかざした。おちかが煙草盆《たばこぼん》を投げつけ、男の足に当たった。

男はよろけた。そのとき、背後から男に手代のひとりがしがみついた。男は体を左右に動かし、さらにうしろの壁にそのままぶつけて振り払った。

そのとき、男の手拭いが解け、顔が露《あらわ》になった。

「あっ、おまえは峰吉《みねきち》」

音次郎が叫んだ。

「峰吉さん……」

おちかも引きつったような声を上げた。

「そうだ。おめえたちに虚仮《こけ》にされた峰吉だ。おちか、俺はおめえを許さねえ。俺を裏切り、こんな野郎と」

「やめて、お願いよ」

おちかが悲痛に叫ぶ。

「峰吉さん。落ち着け」

音次郎がへっぴり腰で峰吉をなだめようとする。

「うるせえ。金でおちかを自由にしやがって。おちかも金に目が眩《くら》みやがって」

「誰か。早く、こいつを叩きのめせ」

音次郎が叫んだ。

すると、後ろから物が投げつけられ、峰吉の背中に当たった。と、次の瞬間にはこん棒が頭を襲って来た。

峰吉はあわててかわした。その隙に、別の男が峰吉に襲いかかった。峰吉は匕首を振りまわした。

男の悲鳴が上がり、鮮血が散った。峰吉も返り血を浴びた。その凄惨《せいさん》な姿に、奉公人たちは腰が引けた。

音次郎とおちかは壁際に追い詰められた。

「助けてくれ」

音次郎が情けない声を出した。

「勘弁ならねえ。おめえたちを殺し、俺も死ぬ」

凄まじい顔つきで、峰吉はふたりに迫った。

もはや、誰も手出しが出来ない。

「覚悟しやがれ」

匕首を振りかざしたとき、峰吉はうっと呻《うめ》いた。腕を背後から摑《つか》まれたのだ。

峰吉があわてて振り払おうとする前に、手首をひねられた。峰吉は烈《はげ》しく背中から倒れた。その拍子に、匕首を落とした。

激痛をこらえて体を起こすと、目つきの鋭い、背の高い男が音次郎とおちかをかばうように立ちふさがった。

「ちくしょう」

と、峰吉はその男に突進した。組み付いたものの、簡単に足払いをされて、再び峰吉は横転した。

「半蔵《はんぞう》、よくやった」

背後で、誰かが叫ぶ。

「やい、峰吉。よくも、このような真似を」

さっきまで震えていた音次郎がやって来て、いきなり足蹴りを加えた。峰吉は吹っ飛んだ。なおも、音次郎は峰吉に迫り、憎々しげに睨《にら》み、またも脇腹を蹴った。峰吉は息が詰まり、体を曲げた。

「若旦那。いけません」

半蔵が、音次郎の体を押さえた。

「放せ」

「いけません。これ以上やったら、死んでしまいます」

「わかった」

音次郎が言うと、半蔵が手を放した。その瞬間、

「峰吉。二度とこんな真似をするんじゃねえ」

と、音次郎は峰吉の腹に足蹴りを加えた。

峰吉はうっと呻いて、体を丸めた。

廊下にあわただしい足音が聞こえた。薄れゆく意識の下で、峰吉は岡っ引きが駆けつけたのだと思った。


南町定町廻り同心の植村京之進《うえむらきょうのしん》が『大津屋』に駆けつけたのは、四つ（午後十時）をまわった頃だった。

すでに、騒ぎは治まっていて、峰吉は帯で体を縛られていた。

奉公人で怪我をした者は四人。ひとりは裏の戸を開けた際に突き飛ばされ、踏まれて腹部と頭部を負傷し、あとの三人は匕首で腕や足を斬られていた。死者はいなかった。

京之進が手札を与えている岡っ引きが峰吉を庭の樹に縛りつけた。峰吉は反撃を受けて、ぐったりしていた。

峰吉が屋敷に侵入したところから奉公人の話を聞き、そのあとで、京之進は音次郎とおちかから事情をきいた。

京之進は三十過ぎだが、定町廻り同心になってすでに数年が経っていた。それなりの経験を積み、有能な者が定町廻りになれるのであり、だいたい三十過ぎてからその任務に就くことが多いが、京之進の場合は三十前には定町廻りに出世していた。

「あの男を知っているのか」

「はい。峰吉といい、おちかの知り合いでございます」

まだ、興奮がさめやらぬ体《てい》で、音次郎が言う。

「間違いないか」

京之進はおちかに目をやった。

「はい。峰吉さんとは、南小田原町《みなみおだわらちょう》一丁目の伊右衛門店《いえもんだな》という長屋で、隣同士で住んでおりました。小さい頃から知っております」

「おまえさんとは何か言い交わした仲なのか」

京之進がきいた。

「いえ、違います。私は、ただ兄のように思っていただけで、男女の気持ちなど毛頭も持っていませんでした」

「なれど、峰吉はそなたに裏切られたと叫んでいたそうだが」

奉公人がはっきり聞いていたことだ。

「あのひとの思い込みです」

音次郎が憎々しげに言う。

「自分で勝手におちかを許嫁《いいなずけ》のように思い込み、私たちが所帯を持ったことが気に食わないのです。そんなばかなことってありますか」

「とんだ迷惑だな」

京之進は相槌《あいづち》を打ってから、

「そのことで、いままでも峰吉が何か言って来たことがあったのか」

「はい。店の前に立っていて、私の姿を見ると、近寄って来ました。だから、最近は外出するときは必ず誰かについてきてもらうようにしていました」

「すると、前々からきょうのことは計画していたのかもしれぬな。あいわかった。今夜は遅い。また明日、訊ねることがあるやもしれぬが」

「はい。わかりました」

「ところで、そなたたちが祝言《しゅうげん》を挙げたのはいつだ？」

「ひと月前にございます」

「そうか。わかった」

京之進は立ち上がった。

そのあとで、峰吉を捕らえたという半蔵に会った。どこか、すさんだ感じの男だ。

堅気《かたぎ》ではないとおもった。

「おまえが、賊を取り押さえたそうだな。お手柄だ」

京之進は言う。

「いえ、ただ夢中で飛び出しただけでして」

半蔵は平然と言う。

「『大津屋』とはどういう関係なのだ?」

「へえ。ここ三年ほど何か困ったことが生じた場合に、頼まれてしゃしゃり出て行くだけでございます」

「用心棒か」

「それに近いかもしれません」

「あいわかった」

京之進は峰吉のところに行った。

「よし、行くか」

「へい」

岡っ引きの手下が峰吉の縄尻を持ち、『大津屋』の裏口から出た。そのとき、半蔵がじっと冷たい目で見送っていた。

あのような男を雇っているところを見ると、『大津屋』は峰吉が襲って来るかもしれないと、予想していたのかもしれない。

京之進は、峰吉を本材木町三丁目《ほんざいもくちょう》と四丁目の間にある大番屋に連れて行った。

大番屋は調べ番屋ともいわれ、ここで罪を犯した者を取り調べるのだ。

大番屋に入ると、土間に敷いた莚《むしろ》に峰吉を座らせ、京之進は取調べを開始した。

「名は？」

「峰吉です」

峰吉は素直に答えた。

「歳は？」

「二十三です」

「住まいと仕事は？」

「南小田原町一丁目の伊右衛門店という長屋です。棒手振《ぼてふ》りです」

「何を行商しているのだ？」

「朝はアサリ、シジミ。昼間は日傭取《ひようと》りで……」

先々、小さくても店を持つのが夢だったと、峰吉は言った。

「親は？」

「おやじは七年前に亡くなり、おふくろは半月前に……」

峰吉は涙ぐんだ。

「なぜ、『大津屋』に押し入ったのか」

「へい。『大津屋』の若旦那夫婦を殺すためです」

峰吉は虚《うつ》ろな目で答えた。

「なぜ、殺そうと思ったのだ?」

「若旦那の妻女は、あっしと言い交わした仲でした。店を持てるようになったら所帯を持つ約束だったんです。それなのに、若旦那の音次郎がしゃしゃり出て来て、あっしから金でおちかを奪って行ったんです。金にものを言わせた音次郎も金に目が眩《くら》んだおちかも許せなかった……」

「音次郎が金にものを言わせたと言うが、その証拠はあるのか」

「おちかが音次郎の言いなりになったことでも明らかです。おちかのふた親も態度を変えやがった。金をもらっているんだ」

「おまえの考えすぎではないのか」

「違う。音次郎は長屋の連中にまで振る舞って味方につけやがった。そんなのあるか。俺は虚仮にされたんだ」

峰吉は泣きだした。

「おちかとほんとうに所帯を持つ約束をしていたのか」

「そうです。だから、あっしは朝から晩まで働いた。店を持つ元手を稼ぐためだ。おちかだって、いつも言っていた。表通りの鼻緒屋さんだって乾物屋さんだって、棒手振りからはじめたんだって。そう言って、いつもあっしを励ましてくれたんだ」

「それは、単におまえを励ましただけで、いっしょに店を持とうということではなかったのではないか」

「いえ、ふたりで頑張ろうって言っていたのです」

「おちかは、おまえが勝手に思い込んでいただけだと言っている」

「嘘だ。親同士だって認めていた。大家だって、あっしたちのことを知っていたんだ」

峰吉はむきになって言う。

「誰だって、心変わりはあろう」

「嫌いになったなら仕方ねえ。でも、おちかも金に転んだんだ。そのことが許せなかったんだ」

峰吉はかぶりを振った。

「峰吉。おまえの言うことが正しいかどうかは、改めて吟味《ぎんみ》与力によって明らかにされる。その吟味の席で、自分の思いをはっきり述べるのだ。よいな」

「はい」

「よし」

京之進は手下に目配せをし、峰吉を奥の仮牢に閉じ込めるように命じた。

動機がなんであれ、峰吉が匕首を懐に呑んで、『大津屋』に乗り込み、奉公人四人に怪我をさせ、音次郎・おちか夫婦を殺そうとしたことは明白であったから、京之進はすぐに入牢証文をとるために奉行所に向かってもよかった。

数寄屋橋御門内にある南町奉行所まで四半刻（三十分）もかからない。奉行所には、当番方の与力が交替で宿直をしている。

夜でも入牢証文をとることは可能であったが、京之進はもう一日待つことにした。

一夜明け、京之進は峰吉が住んでいた南小田原町一丁目の伊右衛門店の家主藤五郎《とうごろう》を呼び寄せた。

藤五郎は少し緊張した様子で大番屋にやって来た。眉《まゆ》が白く、丸く小さい目をした顎《あご》の長い馬面《うまづら》だった。

事情を聞いて、肝《きも》を潰したのか、強張《こわば》った顔で、京之進の前に腰を下ろした。

「南小田原町一丁目の伊右衛門店の家主藤五郎であるな」

京之進は確かめた。

「はい。藤五郎にございます」

「そこにいる者を知っておるか」

大番屋の端の仮牢にいれられた峰吉の方に顔を向けながらきいた。

「はい。店子《たなこ》の峰吉でございます」

藤五郎はいちいち頭をさげながら答える。

「呉服問屋『大津屋』の嫁のおちかという女を知っているか」

「はい。存じあげております。おちかさんも、私どもの店子でございました」

「うむ。峰吉とおちかはどのような関係であったか」

「ふたりは、小さい頃から兄妹のように仲よく暮らしておりました」

藤五郎は峰吉のほうを気にしながら答えた。

「ふたりは末を言い交わした仲ではなかったのか」

「いえ、そんなことは聞いたことはありません」

藤五郎は声を高めて答えた。

「峰吉は、おちかとは所帯を持つ約束をしていたと申しておるが、そのような事実はないと言うのか」

「はい、さようで」

「嘘だ。大家さん、俺は前にもおちかとのことは話したはずだ」

いきなり、仮牢から峰吉が大声を出した。

大家は店子に関しての一切の責任と権利を持っていた。店子が嫁をもらうにも大家の許しを得なければならなかったのだ。

峰吉はおちかとの仲を大家にも話していたと主張したが、藤五郎は一蹴したのだ。

藤五郎は峰吉から顔をそむけ、憤然とした顔で、

「峰吉は思い込みの強い人間ですので、おちかのことを勝手に許嫁だと決めつけていたのかもしれません」

「やい、大家」

峰吉が叫んだ。

「静かにせぬか」

京之進は峰吉を一喝した。

口を喘《あえ》がせながら、峰吉は泣きそうな顔で藤五郎を見ている。

「藤五郎」

京之進は問いかける。

「そなたは、『大津屋』の音次郎を知っているか」

「はい。長屋にも何度かお出《い》でになりましたから」

「おちかを訪ねて来たのか」

「はい」

「音次郎は、長屋に来るとき、長屋の者にも何か手土産《てみやげ》でも持って来たのか」

峰吉の訴えを確かめようとしてきいたのだ。

「さあ、それはわかりません。ただ、音次郎さんは長屋の者にも受けはよかったと思います」

「そうか」

その他にもいくつか訊ねたが、藤五郎の話はみな、峰吉の訴えを否定するものばかりだった。

「最後に訊ねるが、なぜ、今回、峰吉がこのような凶行に及んだと思うか」

「おそらく、峰吉の母親の死が原因だと思います」

「母親は病気だったのか」

「はい。長く患《わずら》っておりました。その母親が亡くなって、峰吉の心にぽっかり穴が開いたんだと思います。ひとりぽっちになってから、いろいろな妄想に襲われたんじゃないでしょうか」

「なるほどな。あいわかった。ごくろうであった」

「店子から縄付きを出してしまい、なんとお詫《わ》びをしていいかわかりません」

藤五郎は深々と頭を下げ、

「これから、『大津屋』さんにもお詫びに上がるつもりでございます」

と、付け加えた。

峰吉は憎々しげな目で、藤五郎を睨み付けていた。

藤五郎が引き上げたあと、京之進は峰吉を仮牢から出してきいた。

「峰吉。大家の話に何か反論があるのか」

「いえ、ありません」

いやに、あっさり峰吉は答えた。

もっと食ってかかって来るかと思ったので、京之進は意外に思った。

「では、大家の言い分を認めるのだな」

「いえ。あの大家も『大津屋』から金をもらっているんです。誰もかれも、『大津屋』

の言いなりです。あっしが、いくら大声で訴えてもどうにもなるものではありませ
ん」
峰吉はすっかり気弱くなっていた。
「最後に何か言っておきたいことがあるか」
「音次郎とおちかを殺せなかったことが無念でなりません。それだけです」
峰吉は虚ろな目を向けていった。
「奉行所に行って来る」
岡っ引きに言い、京之進は大番屋を出た。峰吉の入牢証文を請求するためだ。峰吉
の言い分が正しいのかどうか、わからない。
もし、正しかったとしたら、峰吉の悔しさもわからぬでもない。だが、やったこと
は重大だった。
未遂で終わったにせよ、ふたりを殺そうとした。それ以外にも、四人を負傷させて
いる。悪ければ死罪、軽くても遠島《えんとう》であろう。
そう思うと、京之進の足は重かった。

二

その日、朝から風烈《ふうれつ》廻り与力の青柳剣一郎《あおやぎけんいちろう》は見廻りに出ていた。きょうはそれほど強い風が吹いているわけではないが、最近、見廻りを礒島源太郎《いそじまげんたろう》と只野平四郎《ただのへいしろう》のふたりの同心に任せきりにしていたので、久しぶりに同道したのだ。

風烈廻りは風の烈《はげ》しいときの失火の予防のためだけでなく、付け火の監視の目的もある。火事が起きると、どさくさに紛れて盗みを働こうという輩《やから》がいる。それだけでなく、火事のあとには家の新築など、復旧のための仕事がたくさん出ることを狙って、火を付ける不心得者もいる。

江戸にはひとり暮らしの男が多い。長屋暮らしの独り者の男は火事で失って困るようなものは最初から持っていない。財産がないのだから、火事は怖くない。火事で長屋が焼けたら、よその土地に移ればいいだけのことだ。

ふとした心の隙間をついて、悪心が生じる。それを防ぐためにも巡回は重要であった。

実際の火事場では、「江戸の三火消」と呼ばれる火消が活躍する。すなわち、大名の大名火消、旗本の定火消、町人たちの町火消だ。

風烈廻りはあくまでも火事を起こさせないために町廻りをしているのである。

剣一郎たちは路地に燃えやすいものが出ていたら片づけさせ、不審者には声をかけたりしながら、本郷《ほんごう》から湯島《ゆしま》切り通しを下って池之端仲町《いけのはたなかちょう》へとやって来た。

「いつまでも暑いですね」

只野平四郎がふと呟《つぶや》いた。

寛永寺《かんえいじ》の五重塔の上に入道雲が浮かんでいる。

「今年は異常だ」

うんざりしたように、儀島源太郎が応じた。

そんなたるんだような会話が出るのも、風が凪《な》いだからだ。これが強風の荒れ狂う日だったら、そんな余裕はない。だが、それでも目は周囲にしっかりと這わせている。

前方にひとだかりがしていた。

「青柳さま。何事でございましょうか。大道芸人とも思えませぬが」

儀島源太郎が気にした。

「うむ。行ってみよう」

剣一郎はそのひとだかりに急いだ。

近づくと、悲鳴が聞こえた。続けて、「勘弁ならぬ」という声。

剣一郎は野次馬をかき分けた。

文具商『玉雲堂《ぎょくうんどう》』の店先で、髭《ひげ》もじゃでげじげじ眉毛《まゆげ》の大柄な浪人と顎の長い痩《や》せた浪人のふたりが刀を振り上げていた。その前で、番頭ふうの男と小僧が這いつくばっていた。必死に土下座をしているのは、『玉雲堂』の者であろう。

剣一郎が飛び出す前に、笠をかぶり、竹がたくさん入っている箱を背負った年寄りが浪人の前にしゃしゃり出た。

よれよれの着物は綻《ほころ》んでおり、股引《ももひ》きも継《つ》ぎ接《は》ぎだらけだ。

「お侍さま。こうして謝っております。どうぞ、お許しなさってくださいませ」

年寄りは箱を下ろし、浪人に向かって頭を下げた。羅宇《らう》屋だ。煙管《きせる》の真ん中の管は竹で出来ており、羅宇という。煙管の修理や掃除、羅宇の交換をするのが羅宇屋だ。

「ならぬ。袴《はかま》に水をかけおって。このままでは済まされぬ」

大柄の浪人が言うと、もうひとりの痩せたほうが、

「往来で恥をかかせおって。勘弁ならぬ」

と、大声を張り上げた。

「でも、水を撒《ま》いている小僧さんにお侍さまのほうから近づいたように思いますが」

「なんだと。許せぬ」

大柄な浪人が剣を振りかざした。

「行きます」

只野平四郎が飛び出そうとするのを、

「待て」

と、剣一郎は抑えた。

浪人が斬りかかったが、羅宇屋の年寄りはへっぴり腰で体をずらして避けた。さらに、横一文字に襲ったのを後ずさり、腹を引っ込めて切っ先を避けた。

「何をなさいます。おやめください」

よたよたした感じだが、見事に相手の剣から身をかわしている。

もうひとりの痩せた浪人がむきになって上段から斬りつけた。年寄りは悲鳴を上げながら、浪人の懐に飛び込んだ。そして、浪人の手首を摑んでひねった。浪人は横転した。年寄りもいっしょに倒れた。だが、年寄りはわざと倒れたのだ。

年寄りは這いつくばりながら、

「どうぞ、お助けを」

と、目を剝《む》いて立っている浪人に訴えた。

「よし、いけ」

剣一郎が言うと、平四郎が飛び出して行った。

平四郎は亡き父の跡をついで定町廻り同心になる夢を持っている。だが、定員は南町奉行所で六名であり、空きがないことからまだ望みが果たせずにいる。もし、欠員が生じたら、剣一郎はためらわず推挙するつもりだった。

同心の姿を見て、浪人はあわてて刀を鞘《さや》に納めた。

「事情をきかせてもらおうか」

平四郎は浪人に詰め寄った。

「いや、その、じつは……」

浪人どもはうろたえている。

「水撒きをしていた水が拙者《せっしゃ》の足にかかったので、ついかっとなってしまった。だが、こっちも不注意でして……」

「しかし、刀を振りまわしていたではないか」

「いや、ただ威《おど》そうとしたまで。本気で振りまわしたのではありませぬ」

額に汗をかきながら、浪人はいいわけをする。

「では、なんの遺恨もないのだな」

平四郎が確かめる。

「ござらん」

ふたりは同時に答えた。

「そこもとは、この近所に住んでおるのか」

「いや」

「どこだ？」

「深川《ふかがわ》だ。三十三間堂《さんじゅうさんげんどう》の近くでござる」

平四郎が剣一郎の顔を見た。剣一郎は黙って頷く。

「よし。いいだろう。以後、気をつけられよ」

平四郎が許すと、ふたりは先を争って逃げ出した。

「旦那。ありがとうございました」

羅宇屋の年寄りが平四郎に礼を言う。

「いや、私が出るまでもなかった」

平四郎が応じる。

番頭と小僧が年寄りに向かって、

「危ういところをありがとうございました。どうぞ、中に。ぜひ、お礼を」

と言い、店の中に誘《いざな》った。

「とんでもない。そんなつもりじゃありません。あっしはこれで」

年寄りは荷を背負った。

「待て」

剣一郎は呼び止めた。

「見事であった」

「あっ、これは青痣《あおあざ》与力……。あっ、失礼いたしました」

振り返った年寄りは剣一郎の左頬の青痣に気づいて言った。

剣一郎の左頬に刀傷の跡が青痣となって残っている。風烈廻り与力でありながら、剣一郎は年番方与力の宇野清左衛門《うのせいざえもん》からときに特命を言いつかり、数々の難事件を解決に導いて来た。そんな剣一郎を世間のひとは畏敬《いけい》と親しみを込めて青痣与力と呼んでいるのだ。

「あの浪人さんたちは酔っておられたのでしょう」

「それにしても、鮮やかな手並みだった。そなたの名は？」

「へえ、徳三《とくぞう》と申します」

痩せているが、肩や胸は筋肉でたくましい。風雪を耐え抜いて出来た年輪のような皺《しわ》の中に、鑿《のみ》で彫ったような眼窩《がんか》と鼻梁《びりょう》。おそらく五十半ばを過ぎているだろうが、鋭い眼光は歳を感じさせないほどに若く力強い。

「住まいはどこだね」

「はい。深川でございます」

「ひと助けをしたのだ。奉行所より褒美をとらせたいが」

宇野清左衛門に進言するつもりだった。

「いえ、とんでもありませぬ。こんな年寄りにもったいないことで。では、私はこれで」

徳三は逃げるように去って行った。

その間、平四郎は番頭と小僧から事情を聞いている。

徳三の背中を見送りながら、

(元は武士だ)

と、剣一郎は思った。

それも、相当に腕が立つ。さっきはわざと弱く見せようと、相手といっしょになって転んだりしたが、剣一郎の目はごまかせない。

おそらく、一廉《ひとかど》の人物ではなかったかと思えるが、いまは羅宇屋として町を流している。いったい、どのような人生を歩んで来たのか、剣一郎は興味を抱いた。もっと、話がしてみたかったと、剣一郎が思っていると、平四郎がやって来た。

「あの浪人たちは小僧が水を撒いているところにわざと足を出し、大騒ぎをして金をせしめようとしていたようです」

「あちこちでそんな真似をしているのかもしれぬな」

「ふたりの顔は記憶しました。こんど、同じような真似をどこかでしたら、きっとこらしめてやります」

平四郎が厳しい顔で言う。

「平四郎。見事だった」

礒島源太郎が褒めた。

「うむ。よい対処であった」

剣一郎も讃《たた》えた。

「そんな」

平四郎は照れた。

「平四郎が照れるとは珍しい」

礒島源太郎が笑った。

剣一郎はまたも、さっきの羅宇屋の徳三のことを考えていた。

三

その日の夕方に、峰吉は大番屋から小伝馬町《こでんまちょう》の牢屋敷に連れて行かれた。

奉行所の小者に縄尻をとられ、同心の植村京之進に連れられ、峰吉は牢屋敷の表門から入り、牢庭火之番所の前に引かれ、砂利《じゃり》の上に座らされた。

植村京之進が入牢証文を牢屋同心の鍵役に渡した。そのあとで、牢屋同心の鍵役が、本人に間違いないか、峰吉にきいて確認した上で、引き渡しの手続きが済んだ。

引き上げるとき、京之進が峰吉に目顔で何か言った。峰吉は頭を下げた。

鍵役が峰吉を牢舎の外鞘に連れて行った。牢の外側には長い土間の廊下があり、壁で外と仕切られている。これを鞘と呼んでいる。

内鞘の向こうが牢屋になっていて、囚人たちがいる。

牢屋には人別帳に記載されている者、すなわち一般庶民が入る大牢《たいろう》と、無宿人が入る二間牢《にけんろう》がある。その他、女牢や身分のある者や武士などが入る揚屋《あがりや》、揚座敷《あがりざしき》などがあるが、峰吉には関係ない。

峰吉が入れられるのは当然、大牢であった。

峰吉が外鞘に入ると、いっしょに入って来た数人の中の張番の男が鍵を閉めた。そのあとで、鍵役が峰吉に向かって、

「ご牢内、御法度《ごはっと》の品がある。まず、金銀、刃物、書物、火道具は相成らぬ」

と言い、張番に指図をした。

張番が縄を解き、衣類から検《あらた》めた。それから、下帯、草履、帯まで調べる。

「よし」

鍵役がいい、牢屋に向かって、

「大牢」

と、呼びかけた。

すると、へいと大牢内から返事があった。牢名主《ろうなぬし》の声だと、あとでわかったが、そのときは峰吉には誰かわからない。

「牢入りである。南小田原町一丁目の伊右衛門店、峰吉二十三歳。殺人未遂及び傷害の一件である」

鍵役の声に答えて、

「おありがとうございます」

という声が大牢から返って来た。

牢の入口である留め口が開くと、峰吉は褌《ふんどし》ひとつの姿で、着物と帯を胸に抱え、鍵役に追い立てられた。すると、いきなり中から、「さあこい、さあこい」という掛け声がして、引きずり込まれ、峰吉は転がり込んだ。

とたんに、尻をきめ板で叩かれた。峰吉は悲鳴を上げて、飛び上がった。

右手の壁際に何枚も積み重ねられた畳の上に髭面の男がちょこんと座っていた。その手前横に敷いた畳には何人かの囚人が並んで座っている。牢役人だ。牢名主を含め、十二名いた。

平囚人は奥の壁際や左手の壁際に大勢が固まって床の上に座っていた。

「おい新入り、何をやらかした？」

牢名主の声がした。

「へい、殺しをしくじりました」

「どじな野郎だ。そんなどじじゃ、蔓《つる》なんかねえな」

そこで、峰吉ははっと気づいて、髷《まげ》から銀の粒を取り出した。大番屋から引き立てられるとき、同心の植村京之進が髷に隠してくれたのだ。

「いいか。牢内に入ったら、これを牢名主に渡すんだ。扱いが違うからな」

同心の言葉を思い出し、峰吉は蔓を牢名主に差し出した。

蔓のせいか、新入りの儀式は簡単に終わり、峰吉は平囚人の端っこに居場所を求め、そこに移動した。

光の射さない牢内は夜になると真っ暗闇だ。牢役人たちは畳一帖にひとりで眠るが、新入りの峰吉は畳一帖に七人で寝かされた。身動き出来ない。

峰吉はぐったりしていた。こんな暗闇に放り込まれ、生きる気力も失いつつあった。こうなったら、死罪でもいいから早くお裁きを受けて楽になりたいと思った。あのとき、半蔵という男が飛びかかってこなければ、音次郎とおちかを殺すことが出来たのだ。あと、ひと息だった。そのことを思うと、血反吐《ちへど》を吐くほどに悔しかった。

振り払っても、ひょっとしたときに、おちかと楽しかった頃のことが思い出される。

隣同士だったから、おちかとは兄妹のような関係で育って来た。鉄砲洲稲荷《てっぽうずいなり》の祭礼には、毎年ふたりで出かけた。

仕事に出かけている間、おちかがおっかあの看病をしてくれた。おっかあもよく言っていた。

「おちかちゃんがおまえの嫁さんになってくれるって言っていたよ。わたしゃ、うれしいよ」

そう言って、泣いていたおっかあを思い出す。おっかあは、おちかが俺の嫁に来ることを大喜びしていたのだ。おちかの母親だって父親だって、俺を息子のように思ってくれていたんだ。それは、決して峰吉のひとりよがりではない。

大家をはじめ、長屋の連中もふたりのことを祝福してくれた。もう少し、金がたまったら所帯を持とうと約束をし、峰吉は朝から晩までがむしゃらに働いたのだ。

それが、一変したのは半年ほど前のことだった。

ある日、丸髷に羽二重《はぶたえ》のお召しの落ち着いた雰囲気の女が女中を伴い、長屋にやって来たのが峰吉にとって不幸のはじまりだった。

その女は『大津屋』の内儀、すなわち音次郎の母親であった。母親は、まず手土産持参で大家の家を訪れ、そして、大家の案内でおちかの家に向かったのだ。

仕事から帰って来て、峰吉はおっかあから『大津屋』の内儀がおちかの家を訪ねて来たことを聞いたのだ。

だが、そのときは、それがたいへんな意味を持つことだとは想像もしなかった。

それからも、峰吉は相変わらず夜も明けないうちに棒手振りの行商に出かけて、その後は日傭取りの普請場などで働いた。

おちかの様子がだんだん変わって来たのは、ひと月後のことだった。長屋の連中との花見が行なわれた。今年は、少し足を延ばして向島《むこうじま》に行くことになった。歩いて一刻（二時間）ほどかかるが、隅田堤《すみだづつみ》の花見は花多く、鳴り物を鳴らして陽気に騒げるということで、そこに向かったのだ。

ところが、おちかは参加しなかった。用事があるということで、ひとりでどこかに出かけて行った。ひとり取り残された峰吉は、花見に行く気にもならず、その日も仕事に精を出した。

翌日、話を聞くと、酒もたっぷり、料理も料理屋の仕出しを頼み、豪華な花見を楽しんできたと、皆はご満悦だった。

大家の大盤《おおばん》振る舞《ま》いだと聞いたが、『大津屋』が金を出していたのだということを知ったのはずっとあとだった。そして、その日、おちかは『大津屋』の招きで、屋根船に乗って花見をしていたことを知った。もちろん、音次郎もいっしょだった。

おちかの様子が変だとはっきりわかったのは、峰吉を避けるようになってからだった。やがて、ふいに、おちかが長屋から消えた。

おちかのふた親にきくと、親戚の家に行っているというだけで、そこがどこか、いつ帰ってくるのか、曖昧《あいまい》だった。

大家にきいても、知らないの一点張り。いよいよ怪しみ、峰吉はおちかのふた親を問いつめた。

そして、『大津屋』の音次郎との縁談のことを聞いたのだった。

おっかあは、そのことを知ると、相当気落ちした。食欲もなくなった。

峰吉は信じられない思いで『大津屋』に行き、おちかに会わせてくれと訴えた。だが、けんもほろろに追い返された。

おっかあの容体がさらに悪化し、峰吉はほとんどつきっきりで看病しなければならなかった。それでも、看病の合間に、『大津屋』に行き、おちかが出て来るのを待った。

そして、きれいに着飾ったおちかを見つけ、たまらずに駆け寄った。

「おちかちゃん」

峰吉は声をかけた。

おちかは恐怖に引きつった顔をし、逃げようとした。その姿に、峰吉は信じられない思いで、

「おちかちゃん。おいらだ。峰吉だ」

と、訴えた。

だが、おちかは女中の陰に隠れ、

「ごめんなさい」

と、ただそれだけを言った。

峰吉は啞然《あぜん》とした。

その間に、おちかは家の中に引き返してしまった。

何かの間違いだ。峰吉はそう思った。

悄然《しょうぜん》と長屋に戻り、峰吉は改めておちかのふた親を問いつめた。

「おちかは『大津屋』の若旦那の嫁になる。祝言の日ももう決まった」

ふたりははっきり告げた。

「じゃあ、おいらはどうなるのだ?」

「おめえとおちかは兄と妹のようなものだ。だったら、おちかの仕合わせを祈ってやってくれ」

父親は無情に言った。

峰吉は打ちのめされて、声も出なかった。

峰吉は身動きできない状態のまま、声を殺して泣いた。

翌朝、朝飯前に牢屋同心がやって来て、きょうの吟味に呼び出される囚人の名を告げた。峰吉の名は呼ばれなかった。

朝五つ（午前八時）に食事が運ばれて来た。物相飯《もっそうめし》である。妙な匂いがして、食えない。だが、空腹に勝てず、我慢をして喉に流し込んだ。

朝食後にさっき名前を呼ばれた者が奉行所での吟味のために連れ出され、牢を出た外鞘で縄をかけられた。

朝四つ（午前十時）に牢内の見廻りがあってから、峰吉はじっとしていた。生きて行く気力はもうとっくにない。ただ、音次郎とおちかがのほほんと暮らしていくのかと思うと、五体が引きちぎられそうになるほどに悔しかった。せめて、どちらかでも手にかけていられたら……。またも、そのことを思い、胸をかきむしった。

大家やおちかのふた親、それに長屋の連中にも怒りはあるが、金に目が眩んだことをとやかく言うことは出来なかった。みな、貧しいひとたちだ。目の前に人参《にんじん》をぶらさげられたら心が動かされるのは仕方ない。

だが、おちかは違う。あれほど二世を固く誓い合った仲ではないか。どんなに金を積まれようが、断固拒否するのが人としての道ではないか。

薄暗い牢内で、峰吉は苦悶《くもん》に喘ぎながら、一日を過ごした。

夕方七つ（午後四時）の夕食が出た。朝とだいたい同じものだ。暮六つ（午後六時）に牢内夜廻りが来た。

もう牢内は真っ暗闇だ。暗闇の向こうでは、地獄の釜《かま》が蓋《ふた》を開けて待っている。そんな気がした。

明日あたり、吟味があるかもしれない。だが、吟味をやるまでもなく、結果はわかっている。

大家をはじめ、長屋の連中はおちかとは兄妹のようだったと訴え、許嫁だったことは否定するに決まっている。

所詮、峰吉は思い込みが激しく、母を亡くした悲しみから世を儚《はかな》んで、あんなばかな真似をしたのだと言うだろう。

乱心したということにすれば、ひょっとしたら罪は軽くなるかもしれない。だが、峰吉は気の病にされたくなかった。自分を裏切った女を殺すことが目的だったと、はっきり言うつもりだった。

そのために死罪になろうが構わない。死罪になることで、あのふたりの心に負い目を与えることが出来たら少しは溜飲《りゅういん》が下がる。

峰吉は同じことばかりを考えていた。

四

その日の朝、風烈廻り与力の青柳剣一郎は茶の肩衣《かたぎぬ》、平袴で、槍持ち、草履取り、挟箱《はさみばこ》持ち、若党を連れて八丁堀の組屋敷を出た。

楓川《もみじ》に沿い、京橋《きょうばし》川に突き当たって右に折れ、竹河岸《たけがし》を通って、比丘《びく》尼橋を渡る。あとは、濠沿いを数寄屋橋御門に向かうのがいつもの道順である。

数寄屋橋御門をくぐると、黒の渋塗りに白漆喰《しろしっくい》のなまこ壁の長屋門の南町奉行所に到着する。

今月は南町は非番なので門は閉じられている。もっとも月番で門が開いていても、剣一郎たちは右の小門から出入りをする。

玄関に向かうと、同心詰所から待っていたように植村京之進が出て来た。

「青柳さま。あとでお手隙のときにお話が」

剣一郎に畏敬《いけい》の念を抱いている同心は多いが、中でもこの京之進がもっとも剣一郎に心酔していた。

「あいわかった。あとで、知らせよう」

「はい、ありがとうございます」

京之進と別れ、剣一郎は与力部屋に向かった。

剣一郎は与力部屋に落ち着いてから、どうもきのうの羅宇屋の徳三のことが気にならなかった。

ちょうど、見習の坂本時次郎《さかもとときじろう》が通り掛かったので、その気になった。

「時次郎。すまぬが、宇野さまにお話がある。ご都合を聞いてきてもらえぬか」

「畏《かしこ》まりました」

時次郎はすぐに部屋を出て行った。

この時次郎と伜《せがれ》の剣之助《けんのすけ》は同時に見習に上がった。剣一郎への使いなどの用はほとんどこの時次郎が行なっている。やはり、親子であることを慮《おもんぱか》っているのだ。

いま、剣一郎は親子で奉行所に勤めているが、剣一郎が隠居するまでは、剣之助は見習として勤めることになる。

剣一郎は少なくともあと十年は頑張るつもりでいるが、そうなるとあと十年は剣之助は見習のままということになる。

時次郎が戻って来て、

「ちょうど、宇野さまもお話があるとのことで、いまよろしいということです」

と、伝えた。

「ごくろう」

剣一郎はねぎらった。

剣一郎は立ち上がり、奥にある年番方の与力部屋に向かった。清左衛門も話があるという。また、何か特命を授かるのだろうか。

だが、最近、重大な事件が起きたとはきかない。元数寄屋町二丁目の呉服問屋『大津屋』に刃物を持った男が押し入ったが、未遂で終わっている。その事件は、植村京之進が無事に男を捕らえ、小伝馬町の牢屋敷送りにしている。

したがって、その事件でのことではなさそうだ。まさか、また年番方与力に昇格させたい話でもするのではないか。

宇野清左衛門は、自分が引退した後釜に、剣一郎を据えようとしているのだ。与力の中で花形といわれるのは吟味方だ。

容疑者を取り調べるのは世事に疎《うと》くてはだめだ。さらに、人情の機微を摑んでいないと、容疑者を素直に白状させることは出来ない。

その点でも、剣一郎はとうに吟味与力になっていてもおかしくなかったのだが、あえて宇野清左衛門は剣一郎の身分を風烈廻りに据え置いて来た。それは、特命による難事件の探索に当たらせるためだった。

そのことについて、清左衛門は申し訳ないという気持ちを持っているようなのだ。

だが、剣一郎は風烈廻りの仕事が好きなのだ。自分では、吟味方より向いていると思っている。だから、清左衛門が気にすることはないのだ。

そんなことを考えながら、年番方の部屋にやって来た。

「宇野さま。青柳剣一郎でございます」

「おう。青柳どの。さあ。これに参られよ」

いつも厳《いか》めしい顔をしている宇野清左衛門は南町の一番の実力者である。与力の最高の出世所が年番方であり、最古参で有能な与力が務めた。

「失礼します」

剣一郎は清左衛門の前に進み出た。清左衛門おつきの同心が六名、みな文机《ふづくえ》に向かって書類を広げていた。

「まず、青柳どのの話から聞くとしよう」

「いえ、私のほうはそれほど急ぐものではありませんので、宇野さまのお話からお聞かせ願いとう存じます」

剣一郎は一歩下がった。

「さようか。では」

と、清左衛門は居住まいをただした。

厳しい顔を心持ち近づけ、

「じつは、臨時廻り同心の近間《ちかま》宗十郎《そうじゅうろう》どのが病で倒れ、しばらく静養しなければならなくなったのだ」

「近間宗十郎どのが？」

臨時廻り同心は、定町廻り同心の予備要員でもあるが、職務はまったく同じである。定町廻りを永年務めた者がなり、定町廻り同心の指導や、相談に乗ったりする。

「いや、生命に関わる病状ではないようだ。ただ、回復しても臨時廻りの激務はこなせまい。復帰するには奉行所内の勤めに変えてやらなければならない」

「確か、近間どののご子息はまだ十二歳」

「さよう。元服前だ。だが、万が一、近間どのの病気が長引くことも考えて、少し早いが伜を見習に迎えてやろうかと思う」

「はい。それはよきご配慮」

さすが、清左衛門だと、剣一郎は心配りに感心した。

同心は一代抱えだが、だいたい子が親の跡目を相続する。それまで、子は見習として勤務することになる。

「そこで、定町廻りから同心をひとり臨時廻りにまわそうと思う。そうなると、空いた定町廻りだが」

清左衛門が声をさらに落としたのは、人事のことなので周囲に聞かれたくないのだ。

「かねてより、青柳どのから推挙のあった只野平四郎を据えようとおもうのだが」

「それは願ってもないこと。そうしていただければ、本人も喜ぶことでありましょう」

「ならば、さっそくそのようにしよう。空いた風烈廻りに誰をつけるか、もう少し考えさせて欲しい」

「はい」

「この話は終わった。では、青柳どのの話を聞こうか」

清左衛門が改めて促《うなが》した。

「じつは、きのうこのようなことがございました」

と、剣一郎が切り出しかけたとき、ふと入口にひと影が射した。

清左衛門が顔を向けた。

「これは長谷川《はせがわ》どの」

内与力の長谷川四郎兵衛《しろべえ》だった。

「青柳どのがおられたのか」

四郎兵衛は不愉快そうに顔を歪《ゆが》めた。

内与力というのは、奉行所内の与力ではない。お奉行が赴任するときに自分の股肱《ここう》と頼む家来を連れて来て内与力として置いておくのである。

お奉行の家来だから、お奉行が任を解かれたら、いっしょに引き上げてしまうのだ。それより、お奉行の威光を笠に着て威張っているのが困る。手当ても十分にとっている。

そんな内与力のあり方に疑問を呈した剣一郎が憎くてならないらしく、四郎兵衛は露骨《ろこつ》に剣一郎に難癖《なんくせ》をつける。

「長谷川どの。私に何か」

「うむ。ちょっと奉行所の勘定のことで訊ねたいことがあるのだが」

そう言って、四郎兵衛は剣一郎をちらっと見た。

「宇野さま。では、私の話はまたあとで」

剣一郎が引き上げようとすると、四郎兵衛がねちっこい口調で、

「おや。私の前では出来ない話をしていたのか」

と、厭味《いやみ》ったらしく言った。

「いえ、そういうわけではありませぬ。長谷川さまのご用件のほうが急を要するかと思いまして」

「いいや、私のほうはそれほど急いではおらぬ。私はここで控えておるから、青柳どののほうから先に済まされよ」

自分の用事はあとでいいというなら、いったん部屋に戻って出直せばよいではないかと思ったが、四郎兵衛はどっかと座り込んでしまった。

「長谷川どの。青柳どのとの話が済み次第、私のほうからお伺いいたす」

清左衛門が言ったが、四郎兵衛は首を横に振った。

「いや。こちらが教えを乞うのに、来ていただくのは申し訳ござらん。ここで、お待ちいたす。それとも、私がいたのでは話が出来ないとでも」

剣一郎はうんざりしながら、

「いえ、そうではありませぬ」

と、苦笑するしかなかった。

だが、この際、四郎兵衛にも聞いてもらったほうがいいかもしれない。清左衛門を見ると、目顔で話すように言った。

「わかりました。それでは」

そう言い、わざと水にかかって金を脅し取ろうとした浪人と、命を張って番頭と小僧を助けた羅宇屋の徳三の話をした。

「この徳三は五十半ば過ぎに思えました。このような年寄りが危険を顧みずに助けに入ったこと、誠に尊い行為であり、奉行所から褒美をやれぬものかと思ったのです」

「うむ。確かに、尊い行為だ」

清左衛門が感心したように頷くと、四郎兵衛が横槍を入れた。

「待たれよ。なれど、ほんとうに番頭と小僧に命の危機が迫っていたかどうか。浪人は単なる威しで刀を振りまわしただけではないのか」

「だとしても、はたからはわかりませぬ」

「青柳どのの言うように奉行所に協力した者やひと助けした者に褒美をやるのは結構なことだ。だが、いまのことはほんに瑣末《さまつ》なこと。そのようなことに、いちいち褒美など与えていたら、それこそ江戸中が褒美だらけになってしまう。それにだ」

四郎兵衛は嵩《かさ》にかかって、

「たまたま、青柳どのがその現場を見ていたからよいが、もし見ていなかったらどうなるのだ？　その者に褒美を与えたら、他で同じような手助けをした者がいた場合、褒美をもらえないことも出て来る。助けられた者から届けださせるか。その徳三という男とて、奉行所の人間が近くにいたから助けに入ったのかもしれない。いざとなれば、助けてくれると思ってな」

「いえ、徳三が本心から助けに入ったことは間違いありませぬ。浪人の剣を逃げ回るふりをしながら巧《たく》みによけ、相手を倒しました。ひょっとしたら、その徳三は元は侍だったような気がします。かなりの武芸者だったかもしれません。武術の心得、それも柔術までも嗜《たしな》んでいるとみました」

剣一郎は徳三のことを訴えた。四郎兵衛は顔をしかめて横を向いた。

「したがって、徳三はやむにやまれぬ気持ちで助けに入ったことは間違いありませぬ。しかしながら、いまの長谷川さまのご意見、もっともにございます。確かに、長谷川さまの仰《おつしや》ったように、褒美がもらえそうなときだけ助けに入るといったことも考えられるかもしれません」

人間というのはそんなものではない。人間をもっと信じてもいいのではないかという思いもあるが、四郎兵衛の言うように、奉行所の人間が見ていたかいないかで不公平が生じる可能性があるのも間違いない。

「私が浅はかでした」

剣一郎が頭を下げると、四郎兵衛は戸惑《とまど》ったような顔をし、

「いや、青柳どのの気持ちもよくわかる」

と、折れたように言った。

「徳三という男、身なりも貧しく、暮らしが豊かではない様子に、なんとか助けてやれないものかと焦《あせ》って、本質を見失っておりました。長谷川さまのおかげで目が覚めた心地にございます。宇野さま。これにて、失礼をさせていただきます」

清左衛門は厳しい表情で遠くを見る目つきをしていたが、剣一郎の声ではっと我に返ったように、軽く会釈《えしゃく》をした。

剣一郎は改めて辞儀《じぎ》をして引き下がった。清左衛門は何かに思いを馳《は》せていたようだ。

徳三の手助けは出来なかったが、只野平四郎にとってはよかったと、剣一郎は与力部屋に向かいながら喜んだ。

もし、さっき、長谷川四郎兵衛に異を唱えて、言い合いにでもなったら、そのしこりが定町廻り同心の人事に影響を与えるかもしれない。

実質的には人事は宇野清左衛門が決め、お奉行にお伺いを立てるだけだが、長谷川四郎兵衛が剣一郎に反感をもってお奉行にあることないことを告げたら、只野平四郎の人事に横槍が入るかもしれない。

剣一郎はそのことを恐れたのだ。

早く、平四郎に告げて喜ばせてやりたいが、正式決定が出るまでは喋《しゃべ》るわけにはいかなかった。

その夜、剣一郎の屋敷に、橋尾左門《はしおさもん》がやって来た。きょうの夕方、植村京之進から話を聞いたあと、橋尾左門に屋敷に来るように告げておいたのだ。

左門は竹馬の友であるが、奉行所ではそんな態度は微塵《みじん》も見せない。あくまでも、鬼与力といわれる吟味方与力として剣一郎に接する。

だから、奉行所で会う左門は苦手なのだが、一旦職務を離れると、これが同じ人間かと思うほど一変する。

いまも、勝手に部屋に入って来て、

「るいどのの姿が見えんな。やっぱり、志乃どののところか」

と、大仰《おおぎょう》に寂しそうな顔をした。

「そういえば、さっきまで向こうで笑い声がしていたな」

向こうというのは、剣之助と志乃が住んでいる離れのことだ。志乃とるいは実の姉妹のように仲がよいのだ。そのため、剣之助が弾き出されてくることもあった。

「橋尾さま、いらっしゃいませ」

剣一郎の妻女の多恵《たえ》が酒肴《しゅこう》を運んで来た。

「いや、いつもすみませんな」

左門は大きな体を恐縮したように丸めて言う。

「多恵どのはいつまでも若くていい。それに引き替え、うちのと来たら……」

「まあ、橋尾さま」

多恵が睨むと、左門はあわてて、

「いや、ここだけの話」

と、手を合わせて拝んだ。

「だが、じつに多恵どのは若い」

「おいおい、そんなお世辞を並べても、これ以上は出ぬぞ」

剣一郎は苦笑して言う。

「いや。お世辞ではない。さすが、美人の誉れ高かった女子《おなご》の容色は衰《おとろ》えぬものなのか。るいどのも多恵どのにそっくりだ」

左門はひとりで感心している。

「さあ、どうぞ」

多恵が酌をする。

「これは、これは……」

目の前の左門と奉行所での左門が同一人物であろうかと、剣一郎はつい疑いたくなる。

「どうぞ、ごゆるりと」

多恵が去ってから、

「ほんとうに、剣之助とるいどのの母親には見えぬな」

と、左門はまだ言う。

確かに、多恵は大きなふたりの子がいるとはとうてい思えない。

「そんなことより、頼みがあるのだ」

強引に話題を移した。

左門は盃《さかずき》を戻し、居住まいを正そうとしたので、

「待て。そんなに固くなってきかなくていい。正式な頼みではないのだから」

と、剣一郎はあわてて言う。

「なんだ?」

「峰吉という男の吟味がはじまると思うが?」

「峰吉? そういえば、書類が出ていたな」

「吟味がはじまる前に、こんなことを頼むのはよくないとわかっているのだが……」

剣一郎は言いづらそうに、

「京之進が言うには、長屋の者がなんとか峰吉を助けてやりたい。乱心したということで、罪一等を減じられないかと頼んできたというのだ」

と言い、峰吉の事件について話した。

「わかった。約束は出来ぬ。だが、俺のこの目で判断する」

「いいだろう」

剣一郎は答えたが、左門に任せておけばだいじょうぶだと思った。

そのとき、離れから明るい笑い声が聞こえた。

「楽しそうだな」

左門が笑った。

「いつも、あんなだ」

「おや、多恵どのの笑い声もした」

「確かに」

剣一郎は聞き耳を立てた。

「なんだか、俺たちだけが仲間外れか」

左門が寂しそうに言う。

「まあ、いい。ふたりで楽しくやろう」

そう言ったが、離れの笑い声が気になってふたりの話も弾まなかった。

五

二日後の朝、朝飯前に、吟味のために呼び出される者の名が告げられた。その中に峰吉の名もあった。

奉行所での吟味があるのだ。しかし、吟味に期待は出来ないと思った。

朝五つ(午前八時)に朝飯が配られた。物相飯に菜大根の汁である。朝晩こんなものしか食べられないのだ。長い間、牢内で暮らしていたら、必ず栄養失調になる。長くいる囚人は皆、痩せて青白い顔をしていた。

朝食後、吟味のために牢から連れ出され、外鞘で縄をかけられた。他の何人かの囚人といっしょだった。

奉行所の同心に引き渡され、囚人同士が数珠繋《じゅず》ぎになって小伝馬町から奉行所まで連れて行かれた。

峰吉は後ろ手に縛られたまま、周囲の風景を眺める。わずか数日しか経っていないのに、懐かしさに涙が込み上げそうになった。沿道には物見高い江戸の者がこっちを恐る恐ると見つめている。

お濠沿いを行き、数寄屋河岸に出ると、元数寄屋町の町並みが目に入った。『大津屋』の近くだと思うと、体が震えて来た。

顔をそむけて、数寄屋橋御門に向かった。

吟味の順番が来るまで、峰吉は奉行所内の仮牢で待たされた。囚人たちが吟味のために連れ出されて行くのを見送って、やがて自分の番になった。

峰吉は詮議所に連れて行かれ、庭に敷かれた莚の上に座らされた。そばで、同心が警戒に当たっている。

座敷の中央に吟味与力がおり、書役同心や若い与力も脇に控えていた。

やがて気づくと、背後に大家の藤五郎とおちかのふた親がやって来た。

「南小田原町一丁目の伊右衛門店の家主藤五郎の店子である峰吉に相違ないか」

吟味与力の取調べがはじまった。

「そのほう儀、さる七月二十日夜五つ半（午後九時）ごろ、元数寄屋町二丁目、呉服問屋『大津屋』に刃物を持って侵入せしこと、間違いないか」

「はい。間違いありません」

「うむ。なぜ、侵入したのか」

「はい。『大津屋』の若旦那夫婦を殺し、私も死ぬつもりで押し入りましてございます」

峰吉は正直に答えた。

「なぜ、殺そうとしたのか」

「若内儀のおちかは、私と二世を誓った仲でございました。ところが、『大津屋』の音次郎が金でおちかを自分のものにしたのです。金の力でおちかを私から奪った音次郎と金に目が眩んで私を裏切ったおちかが許せなかったのです」

「そんなことをしたら、自分の人生が終わりだとは思わなかったのか」

「もう、私は死んだも同然です。おちかがいなければ、生きていても仕方ありません。ですから、ふたりを殺し、自分も死ぬつもりでした」

「だが、目的は果たせなかった。いまは、どう思っているのだ?」

「胸をかきむしりたいほどにとても悔しい……」

峰吉は悔し涙を流した。

「そのほう、おちかとやらと二世を誓ったと申しておるが、それはまことのことか」

「ほんとうです。ふたりで、小さいながらもお店を持とうと約束をしたのです。その元手を稼ぐために、私は朝から晩までがむしゃらに働きました。それなのに……」

嗚咽《おえつ》で、最後は声にならなかった。

「そのほうとおちかの仲は周囲も認めていたのか」

「はい。おちかの親も認めておりました」

「よし。おちかの父親と母親に訊ねる。ただいま、峰吉が申したことに間違いはないか」

吟味与力は背後にいるおちかのふた親に訊ねた。

「いえ、違います」

父親の返答だ。

峰吉は拳《こぶし》を握り締めた。

「違うというのは、峰吉とおちかのことを認めていないということか」

「はい。おちかは峰吉を兄のように慕っておりましたが、所帯を持つなど考えられません。私は認めたことはありませんし、おちかからも聞いたことはありません」

おやじさん、それはないぜ。峰吉は叫びたかった。

おめえのような働き者のところに嫁にやるなら安心だ。おちかのことを頼んだぜ。

そう言って、俺の手をとったのは誰だ、と峰吉は喉元まで出かかった。

「私もふたりのことを、そのように思っていたことはありません」

母親が答えた。

汚ねえ、汚ねえぜ。おまえたちは、『大津屋』の金に目が眩みやがって。峰吉は必死に耐えた。

「次に、大家藤五郎に訊ねる」

吟味与力が続けた。

「はい」

「そのほう、峰吉とおちかの仲をどう思っていたか」

「ふたりは兄妹のようだと見ておりました」

「おちかは峰吉の許嫁ではなかったのか」

「違います。許嫁ではありません。さっきも申しましたように、兄と妹のようでした。ふたりからも、そのように聞いておりました」

大家はぬけぬけと言う。『大津屋』から金をつかまされているのだ。

「では、なぜ、峰吉は二世を誓い合った仲だと言い張るのか」

「恐れながら、峰吉は病気ではないかと、気の病ではないかと思われます」

「気の病とな」

「はい。妹のように思っていたおちかが嫁いで行き、また、母親も病死し、峰吉はひとり取り残されたように思い、気がおかしくなったのではないかと思われます。そのために、自分はおちかと許嫁だったと思い込み、『大津屋』の若旦那に盗られたという妄想にかられたのではないかと」

「つまり、乱心した末の犯行だと申すのだな」

吟味与力が、乱心という言葉を強調した。

「そのとおりにございます」

「俺はまともだ」

峰吉は耐えきれずに怒鳴った。

「控えよ」

吟味与力が叱りつけた。

「大家藤五郎。峰吉が気の病というが、そのような証拠はあるのか」

「はい。母親が亡くなってからというもの、仕事もしなくなり、ひとりでぶつぶつ言いながら歩いていたり、おかしいなと思うことはよくありました。なにより、おかしいのは、おちかとのことでの思い込みです。もともと峰吉は、根はやさしい親孝行な人間であります。どうか、ご寛大なお裁きをお願いいたします」

「あいわかった。さて、峰吉」

吟味与力が呼びかける。

「そなたは、妹のように可愛がっていたおちかが嫁ぎ、さらに最愛の母をも失い、気がおかしくなっていた。そのために、妄想が働き、あのようなことを仕出かしてしまったのではないか」

植村京之進という同心の進言もあるのだろうか。

「もし、乱心ということであれば、罪一等を減じられよう。どうなのだ、峰吉?」

自分の罪を軽く済まそうと気を使っていることはわかった。だが、大家は峰吉への負い目から、そう言っているのだ。

「私は気の病などではありません。おちかとのことは決して妄想ではありません。真実です。音次郎とおちかを始末出来なかったことは悔しいですが、『大津屋』へ押し入ったことに後悔はありません。裏切られたことの恨みは消えることはありません」

峰吉は毅然《きぜん》として訴えた。

大家やおちかのふた親がどんな顔でいまの言葉を聞いたかは、峰吉にはわからなかった。ただ、吟味与力は痛ましげに峰吉を見ていた。

夕方に、峰吉は小伝馬町の牢屋敷に戻って来た。

暗い牢内で、峰吉は唇を噛んでいた。あの吟味与力も、暗に気の病を強調した。罪を軽くしてやろうという気持ちからだろうが、そんなことは峰吉には必要なかった。死罪になろうが、自分はおちかと二世を誓った仲だったことを忘れたくないのだ。

「牢入りがある」

外鞘で、鍵役同心の声が聞こえた。

新入りだ。こんなにひしめき合っているのに、この上新しく囚人が入って来る。どうなるのだと、峰吉は唖然とする。

自分のときと同じように褌ひとつの裸の胸に丸めた着物と帯を抱え、留め口から転がり込んで来た。

牢役人によってきめ板で尻を叩かれた。峰吉は自分のことを思い出し、見ていられなかった。

そのうちに、牢役人が娑婆《しゃば》で何をしたか訊ねる。男は質屋への押込みと殺しだと得意気に言った。そして、呆《あき》れるようなことを言った。

「申し上げます。蔓は検《あらた》めで見つかる恐れがありますから、銀の小粒を紙に包んで飲み込みましてございます。いま、あっしの腹にあります。どうか、出て来るまでのご容赦を願います」

男はぺこぺこして言う。

それに対しての牢役人の答えも驚かされた。

「よし、てめえは目笊《めざる》で糞《くそ》をするのだ。もし、三日経っても出てこなければ、てめえは自分の糞を食らえ」

「へい」

男は額を床板にくっつけた。

目の粗い目笊に大便をさせ、水で洗い流して銀の小粒を取り出そうというのだ。

この作業をするのは詰番の男だ。雪隠《せっちん》のことを詰めと言い、雪隠番のことを詰番と言った。

新入りの男は峰吉のそばにやって来て、

「よろしく頼むぜ。俺は吉松《よしまつ》だ」

と、なれなれしく声をかけてきた。

峰吉は適当に相槌を打った。峰吉と同い年ぐらいだった。

翌日、新入りの吉松は畳の端に座らせられ、牢役人のうちの四番役が、牢内の御法度を言い聞かせ、そのあとで衣類ははぎ取られ、代わりに垢《あか》のついたお仕着せを与えた。

このことは峰吉も入牢の翌日に経験したことだ。このあと、牢名主のところに行き、改めて娑婆で何をやったかを話し、それから穴の隠居、隅の隠居などに順に挨拶《あいさつ》にまわるのだ。

この日、二間牢の四人の仕置きが行なわれることになった。死罪になる者は牢の前を通って、牢屋敷内東北隅にある斬首の場所に向かった。

押込みでふたりを殺した無宿人だというが、牢前を通った男はただの気弱そうな中年男にしか見えなかった。

牢内の誰かが、『南無妙法蓮華経《なむみようほうれんげきよう》』と題目を唱えると、その唱和がはじまった。

峰吉は手を合わせて見送った。すると、横で吉松が震えていた。いやだ、死にたくねえ。怖いよ。そう呟いているのが聞こえた。

吉松は押込みと殺しの罪だというから獄門《ごくもん》だろう。軽くても死罪だ。だから、我がことのように、死罪になる者を見送ったのだ。

それは、峰吉とて同じだ。獄門になるほどの罪ではないにしろ、ふたりの人間を殺そうとして、他人の家に押し入ったのだ。四人に怪我まで負わせている。

だが、自分は生きていても仕方ないと思っている。死は覚悟している。それでも、ふいにおちかと将来を誓い合った頃のことを思い出し、胸に苦いものが広がる。まだおちかに未練がある。それだけに、悔しさが消えない。

どうせ死ぬなら、おちかといっしょに死にたい。ふと、そんな衝動に駆られた。ここから出られたら、今度こそ、おちかを殺してやるものを、と峰吉は胸をかきむしった。

空耳か、断末魔《だんまつま》の呻きが聞こえたような気がした。おそらく、いま、斬首が済んだのかもしれない。

「南無阿弥陀仏《なむあみだぶつ》、南無阿弥陀仏」

吉松が小声で呟いていた。

翌日、牢内改めがあった。

その知らせを聞くと、四人たちはいっせいに牢名主が座っていた積み上げられた畳をおろし、牢内に敷いた。

牢屋奉行石出帯刀《いしでたてわき》、牢屋見廻同心、牢屋同心、鍵役同心などがやって来た。峰吉たち囚人は全員、牢から外鞘に追い立てられた。その間に、平当番の同心や張番が十名近く牢内に入った。

御法度の品がないか、調べるのである。刃物や火付けの道具を調べるのが主で、金を張番につかませて手に入れた酒や煙草《たばこ》、菓子などは見て見ぬ振りをした。

牢内改めが終わると、囚人たちは再び牢内に戻された。

それから、元のように畳の移動がはじまり、たちまち牢名主のところに十枚の畳が積み上げられた。

吉松が腹を押さえてもぞもぞした。どうやら、便意を催《もよお》したらしい。吉松は詰番のところに行った。

吉松は隅にある雪隠に連れて行かれた。目笊の上に大便をするのだ。やがて、悪臭が漂いはじめた。

匂いに閉口しながらも、囚人たちは詰番の動きを見つめている。詰番は目笊の便を水で流し、銀の小粒を探しているのだ。

なかったらしいことは、詰番の顔つきでわかった。すごすごと、吉松が戻って来た。

「まだ、出なくてよかったぜ」

吉松は呟いた。

「どうして？」

峰吉は声をひそめてきいた。

「銭が出るまでは、大事にされるからな」

吉松は笑った。

「ほんとうに出るのか」

峰吉は半信半疑できく。

「当たり前だ。腹に入ったものは下から出る」

「もし、出てこなかったら？」

急に吉松は表情を曇らせた。

「糞を食わされて殺される」

ぽつりと、吉松は言った。

死罪になる罪を犯していながら、吉松は死に対してかなり怯《おび》えていた。

夕方七つ（午後四時）に夕飯が出て、暮六つ（午後六時）に拍子木を打ち、牢内夜廻りがやって来た。

きょうも、牢内に漆黒《しっこく》の闇が訪れた。

六

その日の朝、剣一郎が出仕すると、只野平四郎が駆け込んで来た。

「青柳さま」

剣一郎の前で、平四郎は平伏した。

「どうした、平四郎。騒々しいぞ」

剣一郎はたしなめた。だが、平四郎は体全体に喜びを表し、

「さきほど、定町廻りを命じられました。いえ、まだ内示でございますが」

と、声を上擦《うわず》らせて言った。

「そうか。それはよかった」

「これも、青柳さまのおかげでございます」

「いや、そのほうの力が認められたのだ。お父上は立派な定町廻りであった。お父上に負けないように励むのだ」

「はい」

平四郎は満面の笑みで応じた。

「しばらくは、太田《おおた》さまにくっついて仕事を覚えて行くようにとのことです」

太田勘十郎《かんじゅうろう》は古参の臨時廻り同心である。五年前まで、自身も定町廻りをしていたのだ。手足となって働いてくれる岡っ引きのなり手は多い。太田勘十郎がよい岡っ引きを世話してくれるだろう。

「何事も太田どのに相談することだ。また、定町廻りには植村京之進もおる。困ったことがあれば、京之進にも相談せよ」

「わかりました」

「源太郎には話したか」

「はい。とても、喜んでくれました」

「そうか」

礒島源太郎のほうが平四郎より年長であるが、平四郎が同心の花形である定町廻りになったことを素直に喜んでやれるというのも源太郎らしい。もっとも、源太郎は自分が定町廻りには向いていないことに気づいているからだろうが、それでも他人の出世にやっかみを持たない源太郎を見直した思いだった。

「これから、礒島さまと見廻りに行って来ます」

「そうか。風烈廻りの見廻りとしては最後になるやもしれぬな。気をつけて、行って来るように」

「はっ」

平伏してから、平四郎は引き上げて行った。

平四郎と入れ替わるようにして、見習の坂本時次郎がやって来た。

「青柳さま。宇野さまがお呼びにございます」

「うむ、ごくろう」

剣一郎はすぐに立ち上がった。

廊下を伝い、奥にある年番方の部屋に向かった。途中、剣之助と出会った。年番方から引き上げて来るところらしい。

剣之助は立ち止まって腰を折った。

たくましくなった息子に目を細めながら、剣一郎はそのまま行き過ぎた。

年番部屋に行くと、宇野清左衛門が待ちかねたように剣一郎を迎えた。

「さあ、これへ」

清左衛門のそばに剣一郎は進んだ。

「いま、只野平四郎が喜んで報告に参りました」

剣一郎が言うと、清左衛門は厳めしい顔つきのまま、

「その件だが、風烈廻りのほうには、只野平四郎の代わりに番方の大信田新吾《おおしだしんご》を選んだ。もし、青柳どのにご異存なければ、そのように決定いたしたいが」

「もちろん。異存などありませぬ。大信田新吾は若年ながら、気配りも出来、うってつけかと思います」

番方は番方若同心といい、新任の同心が属し、宿直やお奉行のお供、警固などをする。

「それでは、さっそくそのようにいたそう」

「はっ。只野平四郎の件ではありがとうございました」

「いや。先日の長谷川どのとの話し合いで、青柳どのはだいぶ譲歩《じょうほ》いたしたな。じつは、あのことがだいぶきいているのだ」

羅宇屋の徳三の件だ。奉行所からの褒美の件に対して長谷川四郎兵衛から横槍が入った。それに対して、剣一郎は抗弁しなかった。只野平四郎の人事へのとばっちりを考慮したのだ。

「只野平四郎に関して、長谷川どのはすんなり受け入れてくれたようだ」

もちろん、最後に決定をするのはお奉行であるが、四郎兵衛が苦情を申し立てれば、お奉行の気持ちも揺れ動く。したがって、四郎兵衛が同意してくれるかどうかは大きいことだった。

「青柳どのの作戦勝ちということか」

清左衛門は剣一郎の腹の内を見抜いていたようだ。

「恐れ入ります」

「じつは、話というのは、そのことではないのだ」

清左衛門が口調を変えた。

剣一郎は訝《いぶか》しげに清左衛門を見た。

「青柳どのが見たという羅宇屋の徳三のことだ」

「徳三の……？」

「歳の頃は五十半ば過ぎと申していたな」

「はい。深い皺が刻まれ、白くなった鬢《びん》などから、おそらく五十半ば過ぎかと。ただし、身のこなしなどは、そのような歳を感じさせません」

「柔術の心得があるということであったな」

「はい。剣を振りかざしてきた浪人の懐に飛び込み、相手の手首をとって投げ飛ばした技は見事でございました」

清左衛門は目を閉じ、腕組みをした。

「宇野さま、何か」

しばらくして、清左衛門は目を開け、腕組みを解いた。

「青柳どの。およそ三十年ほど前のことになる。私が新参で、当番方与力に属していた頃のことだ」

清左衛門が静かに語りだした。

「当時、小普請組《こぶしんぐみ》に旗田蔦三郎《はただつたさぶろう》という男がおった。この男は一刀流《いっとうりゅう》をよくしたが、関口流《せきぐち》柔術の師範をするほどの腕前であった。が、そうとうな、放蕩者《ほうとうもの》でな。深川の遊女屋や料理屋にも足繁《あししげ》く通っていた。性格は短慮で、些細《ささい》なことでもすぐ怒りを露《あらわ》にする。かっとなると、何を仕出かすかわからぬような男だったそうだ。もちろん、このことは、わしもあとで知ったことだ」

ときおり、清左衛門は遠くを見る目つきをした。目を細めたのは自身の若い頃を思い出しているのだろうか。

「その当時、旗田蔦三郎には夢中になっている女がいた。深川仲町《なかちょう》の夢路《ゆめじ》という芸者だった。だが、夢路に夢中になっていたのは蔦三郎だけではなかった。旗本の息子の吉池又一郎という男がいた。ある日、蔦三郎が『はなむら』という料理屋に上がって、いつものように夢路を呼んだ。ところが、この日はあいにくなことに、吉池又一郎が同じ『はなむら』の座敷に夢路を呼んでいたのだ。女将《おかみ》から耳打ちされた夢路は蔦三郎を嫌っていたから、なかなか又一郎の座敷から離れようとしなかった。また、又一郎も夢路を放さなかった。さんざんの催促にもやって来ないことにしびれを切らし、あろうことか蔦三郎は夢路のいる座敷に乗り込んだのだ」

清左衛門はふと息を吐き、続けた。

「突然の闖入者《ちんにゅうしゃ》に、又一郎は蔦三郎を叱責した。相手は旗本だ。蔦三郎はすごすごと引き下がらざるを得なかった。が、怒りは治まらず、刀を持って再び乗り込んだのだ。力ずくで、夢路を奪おうとしたのだろう。当然、又一郎がそれを許すはずはない。だが、再び立ちはだかった又一郎を、蔦三郎は抜き打ちに斬りつけた。又一郎は眉間《みけん》を割られ、即死。あわてて逃げた夢路を、蔦三郎は追いかけた。止めに入った料理屋の若い衆を斬り、駆けつけた又一郎の家来をも倒し、夢路を追ったのだ」

剣一郎は熱心に耳を傾ける。

「だが、夢路は逃げ延びた。すると、蔦三郎は仲居を捕まえ、人質にして立て籠《こ》もったのだ。『はなむら』の抱えの用心棒が三人やって来て、座敷に乗り込んだ。だが、蔦三郎の敵ではなかった。反対に蔦三郎に斬られるという始末だ。当時、わしは捕物出役で、同心や小者たちと駆けつけた。だが、人質がいるために、迂闊《うかつ》に踏み込めなかった。膠着《こうちゃく》状態が続いたが、夜になって強引にも蔦三郎は人質の仲居を殺し、裏口から逃げたのだ。わしらが気がついたとき、蔦三郎は『はなむら』から逃げたあとだった。とっさに、夢路の家が危ないと思い、夢路の置屋である『夢家《ゆめや》』に行った。だが、遅かった。夢路を護衛する屈強な男三人と夢路の死体が転がっていた」

「なんと、凄まじい」

剣一郎は覚えず呟いた。

「蔦三郎ひとりに十人ほどの人間が斬られたのだ。われらは目撃者の話から逃亡経路を摑み、蔦三郎を追った。そして、ついに大川に追い詰めた」

清左衛門は苦痛を堪《こら》えたような表情になり、

「だが、蔦三郎を捕まえることは出来なかった。蔦三郎は、大川に飛び込んだのだ。いや、ほんとうに大川に飛び込んだのか、暗かったからわからない。大きな水音を聞いただけだ。大きな石を投げ込んで、飛び込んだように思わせたのかもしれない」

「そのまま見失ったのでございますね」

剣一郎は唖然として言う。

「そうだ。その後、蔦三郎の消息はまったく途絶えた。ただ、逃亡から一年後、中山道《なかせんどう》の碓氷峠《うすい》の近くで、死後半年ほど経った半ば白骨化した死体が見つかった。武士のようだった。その死体のそばに印籠《いんろう》があり、笹龍胆《ささりんどう》の紋所は蔦三郎の家紋だった」

「病死ですか」

「いや。腹に傷があった。おそらく、逃げきれずに切腹したのだろう。はっきりした証拠はないが、旗田蔦三郎に間違いないということになった」

「蔦三郎の刀はあったのですか」

「いや、なかった。おそらく、そこを通り掛かった不心得者が金目になるものをというので、刀を持ち去ったとみられていた」

「ひょっとして、宇野さまはその死体が蔦三郎だということに疑いを?」

蔦三郎の話を持ち出したことから、剣一郎はそう推測した。

「そうだ。わしは最初から信じていなかった。包囲された料理屋から抜け出し、置屋まで行って目的の芸者を殺した。あのような大それたことを仕出かした男が、碓氷峠で自害するという考えにどうしてもなれなかった。それだったら、夢路という芸者を斬ったあと、自害しているはずだとな」

清左衛門は顎に手をやり、

「だが、その後は蔦三郎のことは次第に忘れられて行った。二年、三年と経ち、五年が過ぎると、わしも蔦三郎は死んだものと思うようになった」

「蔦三郎の家は？」

「もちろん、断絶だ。もともと、独り身だったからな」

「宇野さまが、羅宇屋の徳三が旗田蔦三郎なのではないかと思われた根拠はなんでしょうか」

「いや。そう思ったわけではない」

「…………」

「ただ、徳三の話を聞いて、蔦三郎を思い出したということだ」

いや、清左衛門はひょっとしたらと思っているのではないか。

「宇野さまが、蔦三郎を思い出したのはどのことからでしょうか」

「年齢と柔術を会得していることからだ。それだけのことだ」

「宇野さまは、蔦三郎は生きていると、いまでも思っているのでしょうか」

「いまも生きているかどうかはわからない。ただ、碓氷峠の死体は別人だと思っている」

「宇野さまにとって、蔦三郎は特別な存在のようでございますね」

「そうだの。なにしろ、十人ものひとを斬ったことは衝撃であるが、蔦三郎を逃したという心の動揺からなかなか立ち直れなかった。忘れがたい事件だ。あの事件のあと、『はなむら』も廃業した」

ふと、清左衛門は口調を改め、

「いや、とんだ昔話をしてしまった」

と、話を打ち切ろうとした。

「宇野さま。羅宇屋の徳三が蔦三郎かどうかはわかりませんが、あの徳三には何かあります。ちょっと調べてみたいのですが」

ほんとうは、清左衛門はそのことを頼みたかったのではないかと思い、剣一郎はあえて自分から願い出た。

「そうだの。青柳どのに任せる」

清左衛門は厳めしい表情を崩さずに言った。

その日の夕方七つ（午後四時）に、奉行所の勤務を終え、朝と同じように供を連れ、八丁堀の屋敷に帰った。

多恵に手伝わせ、着流しになってから、

「出かけて来る」

と、言った。

はいと答え、多恵は見送りに出た。

剣一郎は編笠をかぶった。公の役儀以外で外出するときは、必ず笠をかぶるようにしている。青痣与力であることを隠すためだ。

青痣与力のことは世間にあまねく知れ渡った。剣一郎に会ったことのない者でも、左頬の青痣を見れば、青痣与力とわかる。八丁堀特有の着流しに巻羽織という格好でなくとも、青痣で青痣与力と知れてしまう。青痣与力と知れば、ある者は緊張し、ある者は気を使う。

だから、左頬の青痣がひと目に触れないように気を配ってのことだった。

剣一郎は永代《えいたい》橋を渡って、深川にやって来た。しかし、徳三の住まいは深川と聞いただけで、詳しい場所はわからない。

ただ、『はなむら』があった場所と夢路が住んでいた『夢家』のあとを探し、その周辺の町を探してみようと思った。

もし、蔦三郎だったら、その近くに住むような気がしたのだ。『はなむら』は仲町にあったという。近所の下駄屋の年寄りに訊ねた。子どもの頃から地元で暮らしているという年寄りは、三十年前の事件をよく覚えていた。

それだけ、強烈な出来事であったのだ。『はなむら』のあった場所はいまは別の料理屋になっていた。そこから、『夢家』のあとに向かった。

八幡鐘《はちまんがね》のすぐ近くだった。そこは一膳飯屋になっていた。

その付近を歩き回って、この辺りで年寄りの羅宇屋を見かけないかときいたが、徳三のことはわからなかった。

ところが、仲町の木戸番の番太郎が耳寄りなことを教えてくれた。

「そんな年寄りの羅宇屋は何度か見かけました。あっしも、竹のすげ替えをしてもらったことがあります」

番太郎は黄色い歯茎《はぐき》を見せて言った。

「どっちのほうからやって来るかわかるか」

「小名木《おなぎ》川の近くだとか言ってました」

詳しい場所はわからなかったが、それでも徳三に一歩近づいた気がした。

第二章　切り放し

一

　きょうもよい天気で、朝から青空が広がっていた。峰吉は二回目の吟味に呼ばれた。二回目の吟味から数日間経っていた。

　前回と同じように、数珠繋ぎで南町奉行所に連れて行かれた。きょうは、吉松も呼び出され、峰吉の前を辺りを睥睨《へいげい》しながら歩いて行った。通り掛かりの者が好奇に満ちた目を向けていた。

　吉松は奉行所に近づくと、急に元気がなくなっていた。押込みでひとを殺したと強がっていたが、ほんとうは小心者のようだ。

　ゆうべ、やっと大便から銀の小粒が出た。牢名主に取り上げられ、その後、自分に対する牢役人の態度が冷たくなったとこぼしていた。

　奉行所に着いて、左手の小門から入った。庭に峰吉を捕まえた同心が立っているのに気づいた。

目と目が合った。何か目顔で言っている。同情するような目つきに、同心の気持ちがわかった。俺に乱心を装えと言っているのに違いない。

峰吉は首を横に振ってから、牢屋同心番所の前を通り、仮牢に入れられた。

仮牢内で、吉松はずっと黙りこくっていた。小伝馬町の牢屋敷を出たばかりのときと一変していた。

「どうした？　だいじょうぶか」

峰吉は小声できいた。

「なんでもねえよ」

吉松はうるさそうに顔をしかめた。

案外と早く、順番が来て、峰吉は詮議所に連れ出された。

おちかが呼ばれているかもしれないと期待したのだが、詮議所には誰も来ていなかった。あとから、現れるかと思ったが、その気配すらなく、吟味がはじまった。

「さて、峰吉。前回から少し時間が経った。少しは考える時間が出来たであろう。そこで、改めて訊ねる」

前回と同じ吟味与力が、厳《いか》めしい顔で切り出した。

「そのほうは、妹のように可愛がっていたおちかが嫁に行き、さらに最愛の母が亡くなり、心の変調を来《きた》し、あらぬ妄想にかられて、あのような真似をしてしまった。そういうことではなかったのか」

「いいえ、私は心に変調を来したことはありません。まったくもって、正常であります」

「これ、峰吉。心を落ち着かせて、よう考えよ。そなたは身心の疲れから、おちかを許嫁だと妄想し、そのあげくに犯行に及んだ。そういうことではないのか」

「いいえ、違います。おちかはほんとうに私の許嫁でした」

前回の詮議から間が空いたことの意味がようやくわかった。吟味与力は、時間を置けば、峰吉が落ち着きを取り戻し、乱心を受け入れると思ったのであろう。峰吉を乱心者にして罪一等を減じようと心を配ってくれているのだ。

「ご配慮、身につまされてありがたく存じます。ですが、私はおちかとのことを自分の心から消し去ることは出来ませせぬ。妄想ではありません。私は裏切られた悔しさからおちかを殺そうとしたのでございます。おちかのいない浮世になんの未練もございません。どうぞ、私の心をお汲《く》み取りくださいますようお願い申し上げます」

峰吉は低頭して訴えた。

「峰吉。面を上げよ」

「はい」

峰吉は顔を上げた。

吟味与力はじっと峰吉の目を見つめた。

「峰吉。よう聞くのだ。大家の藤五郎はじめ、おちかのふた親、その他長屋の者がなんとかそのほうを助けたいと願っている。その気持ちを汲んでみたか」

「へい。でも、いまの私にはそんな哀れみなどいりません。それより、大家さんたちにほんとうのことを話してもらったほうがどんなにありがたいかわかりません」

「峰吉」

「へい」

「あくまでも、おちかは末を言い交わした女だと申すのか」

吟味与力は強い口調になった。

「はい。こればかりは曲げられません。おちかとのことは、私の生きて来た証なんです。おっかあだって、おちかが嫁に来るのを楽しみにしていました。そのことを思っても、こればかしは譲れません」

峰吉は嗚咽《おえつ》を漏らした。

「あいわかった。これで拙者《せっしゃ》の吟味は終わりということになる。あとは、お奉行のお白洲でのお裁きがあるだけだ」

吟味与力は息継ぎをし、

「さて、峰吉。最後に、もう一度、訊ねる。このたびのこと、そのほうは正気ではなかった。乱心いたして、あのような真似をした。違うか」

と、最後まで峰吉をかばおうとした。

「いえ、私は正気でございます。私を裏切ったおちかが憎くて、殺そうとしたことに間違いはありません。どのようなお裁きにも従います」

吟味与力が天を仰ぐようにため息をついたのがわかった。この吟味与力の情けを、ありがたいと思ったが、事実を曲げるわけにはいかなかった。

最後に、峰吉は口書に爪印をした。これで、すべてが終わるのだと思った。

夕方、峰吉は小伝馬町の牢屋敷に戻された。

牢名主の前に、きょう呼び出された囚人が並ばされた。

「おう、てめえは自白したのか」

牢名主が、まず吉松にきいた。

「いや、しちゃいません」

吉松は声を大にして言った。

「よし。なかなか、よい態度だ」

牢名主は吉松を褒めてから、次々と呼び出された囚人の首尾をきいていき、自白したと答えた囚人には意気地のない奴と罵《ののし》った。

「おめえは？」

牢名主の鋭い目が峰吉に向けられた。

「しました」

「けっ。ばかな野郎だ。自白したって、罪が軽くなるわけじゃねえ。てめえたち、拷問が怖いのか」

牢名主は呼び出しを受けた囚人たちにいちいちきいたあと、面白くなさそうにあくびをした。

「戻れ」

牢役人が自分の場所に戻れと急《せ》かした。

「頑張ったな」

峰吉は吉松に声をかけた。吟味で、しらを切り通した度胸を讃えたのだ。

吉松は力のない声を出した。

「いや」

「どうした？」

「ほんとうは、自白するしかなかったんだ。しょうがねえんだ。最初から、しらなんぞ、切れねえんだ」

吉松は思い詰めた表情で言う。

「ああでも答えなきゃ、牢名主から軽蔑され、あとでどんな仕置きを受けるかわからねえ。だから、ああ言わざるを得なかったんだ」

「…………」

「牢名主が言うように、自白しなければ拷問にかけられるからな」

拷問は町奉行所から出張してきて牢屋敷で行なう。死刑以上の刑に相当する者が白状しなければ拷問にかけた。笞《むち》打ち、石抱き、海老責め、釣責《つりぜめ》の四種がある。

「ほんとうは、何をやったんだ？」

峰吉は改めてきいた。

質屋に押込みに入って主人と番頭を殺し、五十両盗んだことを最初は得意気に牢役人に話していた。

しかし、だんだん、吉松は見かけ倒しだと気づいて来た。ほんとうに、押込みをしたのか。喧嘩になって、ものの弾みで相手を殺してしまっただけなのかもしれない。峰吉はそう思って、ほんとうのことを知ろうとしたのだ。

「じつは……」

吉松が口を開きかけたとき、

「なにをぼそぼそ話してやがる。静かにしやがれ」

と、怒号が聞こえた。

牢役人のひとりが怒鳴ったのだ。ふたりはあわてて首をすくめた。

夕食が終わると、またも漆黒の闇が訪れた。

異臭と寝返りも打てない狭い場所。人間の住むところではなかった。こんなところに長くいたら、必ず病気に罹《かか》るに違いない。

こんな目に自分を遭わせた音次郎とおちかへの恨みが、またも蘇《よみがえ》った。

吟味与力は乱心者にして罪を軽くしようとしてくれた。その気持ちには感謝するものの、峰吉は妥協するつもりはなかった。そうまでして命が助かったところで、自分には何も得ることはない。

いや、と峰吉はあることに思いが向いた。

乱心ということになれば、罪が軽くなる。自分の心を曲げることに抵抗感があったが、罪が軽くなるということは、娑婆《しゃば》に出られる可能性が高くなるということだ。

そうだ。もし、罪一等を減じられれば死罪にならず、遠島。それも、短期間で済むかもしれない。そしたら、おちかに恨みを晴らす機会が生まれたではないか。

なぜ、そのことに早く気がつかなかったか。ちくしょう。いや、最後にお奉行の取調べがある。そのとき、訴え出ようか。

果たしてお奉行が聞き入れてくれるだろうか。そう思ったとき、峰吉は気落ちした。吟味与力の取調べで、ほとんど終わっているのだ。口書爪印も済んでいる。お奉行のお白洲はもう形式的なものだけだ。

なぜ、このことにもっと早く気がつかなかったのだと、峰吉は地団駄を踏んだ。

二

翌日は朝から強風が吹き荒れていた。乾《いぬい》（北西）の風だ。おまけに、いっそう残暑が厳しい日だった。

剣一郎は礒島源太郎と、そして新たに風烈廻り同心になった大信田新吾とともに市中の見廻りに出ていた。

大信田新吾は二十六歳。まだ、独り身である。小肥りで、いつもにこやかな顔をしている男だった。

先日は、去っていく只野平四郎と入って来る新吾を交え、剣一郎は礒島源太郎とともに歓送迎の宴をした。

平四郎は晴れて定町廻りになって張り切っていたが、新吾もまた上機嫌だった。市中の見廻りに出られることがうれしいらしい。だが、それ以上に、青痣与力の薫陶《くんとう》を受けることがうれしいのだと言った。

すでに、新吾は源太郎とともに見廻りを経験していた。ただ、剣一郎が同道するのははじめてだった。

昼前に、池之端から下谷広小路《したやひろこうじ》を通って神田佐久間町《かんださくまちょう》にやって来た。ずっと歩き詰めだったので、そこの自身番で休憩をとった。

「風が強うございますね」

月行事《がちぎょうじ》で詰めていた家主が心配そうにきいた。

「これから夜にかけて、もっと強くなりそうだ」

永年、風烈廻りとして風と向き合ってきた剣一郎は、気を引き締めて言い、

「すまないが、茶をいっぱい馳走になりたい」

と、頼んだ。

店番の者が茶を三ついれてくれた。

「供の者たちにも頼む」

「はい。気づきませんで」

家主は奥に引っ込んだ。

「そなたは、いつもうれしそうな顔をしているな。悩みなど、ないだろう」

茶を飲みながら、源太郎が言った。

「はい。悩んだことは一度もありません」

新吾がやけに明るい顔で答える。

「うらやましい。まあ、それもいまのうちだ」

源太郎は真顔で言った。

「そんなに、風烈廻りのお務めはたいへんなのですか」

新吾がきき返す。

「どんな仕事も生易しいものではないが、仕事のことではない」

「では、なんでしょうか」

屈託のない顔で、新吾はきく。

「そなた、好きな女子《おなご》はいるのか」

「いえ」

新吾は顔を赤らめて照れた。

「なんだ、照れやがって。いるんだな」

「向こうがどう思っているかわかりませんので」

「所帯を持てば変わるということだ」

「所帯を持てば……」

小首を傾げた新吾はあっと声を上げ、

「所帯を持つと悩むようになるということですか」

「そうだ。とかく、女房というのは……。いや、やめておこう」

源太郎は妙にまじめくさって言う。

「青柳さま。どうなのでございますか」

茶を飲んでいる剣一郎に、新吾はきいてきた。

「さあな。あとで、もう一度、じっくり源太郎にきくことだ。さあ、出発だ」

ほんのひとときの休憩で、剣一郎たちは自身番を出た。

「さっきより風が強まっているな」

剣一郎は空を見上げた。紙屑が空を舞っていた。

各所の火の見櫓《やぐら》にはふたりの男が乗って背中合わせに見張りをしていた。

筋違橋《すじかい》を渡り、神田三河町《みかわちょう》へと足を向けた。途中、拍子木を叩く町内の若者や鳶《とび》の者たちの見廻りに出会った。

「ごくろう」

剣一郎は声をかけて行く。

鳶とは鳶職のことで、土木雑事、大工、左官の手伝い、祭りなどの縄張りや飾りつけなどを行なった。仕事師ともいう。

この鳶職の者が火消を兼ねることが多かった。

「よいか、新吾。このような風の強い日は、付け火をする不心得者がいないとも限らん。挙動不審な者を見つけたら、すぐに教えるのだ」

「はい」

源太郎は新吾に指導しながら見廻っている。

ときどき砂塵《さじん》が舞い上がり、そのたびに手で目を覆い、下を向いて風を避けた。

三河町に差しかかったとき、自身番の脇に立っている火の見櫓の半鐘《はんしょう》が鳴った。

早鐘だ。火事は近い。

「どこだ?」

源太郎が火の見櫓の上に向かって声をかけた。

「湯島から池之端方面です」

上から見張りの男が大声で知らせた。

「よし、行くぞ」

剣一郎はきた道を引き返した。

いま通って来たばかりのところから出火したようだ。そのことに忸怩《じくじ》たる思いを抱きながら、昌平橋《しょうへいばし》を渡った。

こっちの火の見櫓では擂《す》り半鐘だ。鐘が続けざまに鳴っている。火元が近いことを教える鐘の鳴らし方だ。

前方に大きな炎が上がった。すでに延焼をはじめていて、逃げまどう人びとで沿道はあふれ返っていた。

風が火と炎を巻き上げた。風上に向かって行くことになり、剣一郎たちは迂回した。その中を、纏《まとい》持ち、梯子《はしご》持ち、そして鳶口を手にした下人足の一団が現場に向かった。八番組と書かれた刺子半纏《さしこばんてん》を着ている。『か』組の火消だ。

頭上を火の粉が飛んで行く。背後からも出火した。強風に煽《あお》られ、延焼した。

「こっちに誘導するのだ」

剣一郎は源太郎と新吾に命じ、逃げまどう人びとに声をかけ、本郷方面へ避難するように誘導した。

奉行所から火事場掛与力や同心が駆けつけ、町火消の消火の指揮をとりはじめた。

間に神田川と柳原《やなぎわら》の土手、柳原通りがあるが、強風に乗って火の粉は神田、日本橋《にほんばし》方面へ飛び火した。

道は逃げまどう人びとでごった返し、混乱を極めた。剣一郎は逃げ道を示し、誘導することに専念した。

風向きから浜町《はまちょう》、両国方面も危ないと思ったとき、小伝馬町の牢屋敷のことが脳裏を掠《かす》めた。

三

二間牢から大声がした。よく聞き取れない。奇声にも聞こえた。それにつられて、大牢内が騒然としてきた。

鍵役同心や見張番の動きがあわただしいのだ。

「何かあったな」

吉松が興奮して言う。

牢名主が積み上げられた畳から下りた。

「赤猫が踊るぞ」

格子のそばまでやって来て、口許に不敵な笑みを浮かべた。

「赤猫だ。赤猫だ。赤猫が踊るぞ」

牢役人たちも騒ぎだした。

それから、格子を両手で摑み、いっせいに「ここを出してくれ」と喚《わめ》きだした。

「赤猫が踊るってなんだ?」

峰吉は吉松に小声できいた。

「火事のことだ」

「火事だと」

鍵役同心が外鞘に入って来た。鍵役は二間牢のほうに向かった。囚人たちがいっせいに、「早く出してくれ」と騒いだ。

「静まれ、静まらぬと、ここから出さぬぞ」

鍵役は大牢の前にやって来た。

「これから名を呼ぶ者、外に出ろ」

鍵役が名を呼んだのは、すでに死罪か遠島の重科を宣告された者だ。ひとりずつ、外鞘に連れ出すと、張番が縄で縛って庭に出した。

その後、牢名主を先頭に牢役人が続き、そして平囚人たちが牢から出された。峰吉も昂奮していた。

庭には牢屋奉行の石出帯刀が待っていた。囚人たちが集合すると、

「この牢屋敷にも火が掛かる危険が迫った。これより、ひとまず本所回向院《ほんじょえこういん》まで立退く。もし、途中逃げた者は、捕らえ死罪にする。心得よ」

奉行の話の間にも炎が迫っているのがわかった。北西の空を煙が覆い隠している。

二間牢の囚人が先に立ち、大牢の囚人が続いた。牢屋敷の外に出て、両国橋に向かって走った。

真っ昼間の囚人の一団に、町の衆は火事以上の恐怖を持ったのか、いっせいに道をよけた。

途中、振り返ると、巨大な炎が迫っていた。

両国橋を渡った。橋も避難者であふれ返っていた。そこでも振り返ると、神田方面

から日本橋のほうに火は燃え移っていた。

峰吉は他の囚人に遅れないように走った。

橋を渡り、本所回向院の境内《けいだい》に駆け込んだ。

そこには牢屋同心が先回りをしていて、囚人の頭数を調べ、ひとりひとりの名前を控えた。

「これより、皆を切り放す。よいか。きょうをふくめて三日以内にここに戻って来るのだ。もし、戻らねば、罪軽き者とて死罪を申しつける。立ち返りし者は死罪は遠島、遠島は追放、一段ずつ罪を軽くする。よいな。では、行け」

いっせいに囚人は門に向かって駆けだした。

まだ、陽は高い。囚人にとって、火事は天の恵みだ。僅《わず》か三日間でも娑婆の空気に触れられる。家族や好きな女にも会うことが出来るのだ。

峰吉は皆のあとについて境内を出たが、行く当てはなかった。南小田原町一丁目の長屋に帰っても、歓迎されないだろう。

「おい、行くところはあるのか」

横に、吉松が来ていた。

「いや。ない」

「じゃあ、俺といっしょに来い」

吉松が誘った。

「どこへ行くんだ?」

「いいから、ついて来い」

吉松ははしゃいでいるようだった。

回向院をまわり、吉松は竪《たて》川にかかる二之橋を渡った。だが、火事はこっちには影響ないが、空に上がった煙は見えるので、通りにはひとが出て、やはり騒然とした雰囲気だった。

お仕着せの着物に伸びた髭《ひげ》、乱れた髪からひと目で、牢から解き放たれた囚人だとわかる。

すれ違う者は薄気味悪そうに身を避けて通って行く。

北森下町《きたもりしたちょう》の町角を六間堀《ろつけんぼり》のほうに曲がった。そして、堀に突き当たり、左に折れた。吉松が連れて行ったのは、南六間堀町だった。

二階家の長屋の入口に苦み走った男が立っていた。

「兄貴」

吉松がその男に駆け寄った。

「こっちだ」

男は長屋には入らず、そのまま吉松を別な場所に連れて行った。峰吉もあとに従う。

通りに出て、小名木川方面に向かった。そして、高橋《たかばし》を渡った。

男が連れて行ったのは、海辺大工町《うみべだいくちょう》の武家屋敷の裏手にある家だった。

「入れ」

男は吉松と峰吉を中に招じた。

「兄貴。ここは？」

土間に入ってから、吉松がきいた。

「心配ない。俺の知り合いの家だ。留守だ」

「勝手に入って大丈夫か」

「話はつけてある。三日間だけ借りた。さあ、上がれ」

吉松のあとに続いて、峰吉も部屋に上がった。久しぶりの畳の感触だった。吉松は大の字になってひっくり返った。

「手足が自由に伸ばせるぜ」

仰向けになった吉松は気持ち良さそうに口にした。峰吉も、吉松の真似をしたかったが、男の手前、遠慮した。

まだ、引き合わせられてもいないのだ。

ふと、吉松が体を起こした。

「兄貴。俺がやって来るのがわかっていたのか」

「小伝馬町まで火の手が迫っていると聞いてな。きっと切り放しになる。回向院からだと、ここまで近いからな」

男は小伝馬町の牢屋敷のことについても詳しかった。

「こちらさんは？」

はじめて、男が峰吉を見た。

「忘れていた。牢内で仲よくなった峰吉さんだ。よろしく頼むよ、兄貴」

「峰吉と申します。よろしくお願いいたします」

峰吉は畏《かしこ》まって頭を下げた。

「俺は朝次郎《ちようじろう》だ」

男は名乗ってから、

「吉松。長屋には来るな。お元《もと》も困るからな」

と、強い口調で言った。

「へい」

吉松は素直に答えた。

「少しここで待っていろ。着る物と食べ物を持ってこさせるから」

「すまねえ」

朝次郎が出て行ってから、

「あのひととはどういう関係なんだ?」

と、峰吉はきいた。

「俺の姉貴の亭主だ。義兄だよ」

再び、吉松は大の字になった。

峰吉も倣《なら》った。手足を伸ばせ、寝返りを打てることが、どんなにありがたいか身に染《し》みた。

うとうとしかけて、物音で目を覚ました。天井が見える。ここはどこだろうと思い、はっと起き上がった。行灯《あんどん》の明かりが部屋の中を照らしていた。障子《しょうじ》の外は真っ暗だった。

峰吉が起きた気配で、吉松も目を覚ましたようだった。

「よく寝ていたわね」

いきなり、背後で女の声がした。

「あっ、姉さん」

吉松が甘えたような声を出した。

「そこにあるのと着替えてから、夕餉を食べなさい」

吉松の姉のお元というのは二十五、六の丸顔の女だった。

顔を洗ってから、着替えた。

七つ下がりの古い着物だが、洗濯してあるので、気持ちよかった。食事は白い飯に鯛《たい》の塩焼きや下ごしらえした鰯《いわし》や野菜をぬたで和《あ》えたなますが用意されており、酒もあった。

この姉は吉松が犯した罪をどう思っているのだろうか。しかし、お元はそんなことに拘泥《こうでい》することなく、甲斐甲斐《かいがい》しく酒の燗《かん》をした。

「うめえ。生き返るぜ」

吉松がしみじみ言う。

「ほんとうだ。こんなにうめえ酒ははじめてだ」

峰吉も舌鼓を打った。

「じゃあ、私は帰るからね。また、明日の朝」

「ああ、義兄さんによろしく。あっ、そうそう。どうだえ、お腹の子は?」

「えっ、ええ。元気よ」

お元が笑顔で答えた。

格子戸が閉まる音がした。お元が出て行ったのだ。

「あんないい姉さんがいるのに、なんでばかなことをしたんだ?」

峰吉は酔いが少しまわってきた。

「いろいろあってな。それより、おめえは何をしたんだ?」

「俺にもいろいろあってな」

峰吉は自嘲ぎみに言う。

「ちっ」

吉松は舌打ちした。

酒のあとで、飯を食べた。

「白い飯なんて、久しぶりだ」

吉松は飯をほおばったまま、

「また、地獄に帰らなきゃならねえと思うと、気が狂いそうになるぜ。あんなとこ、人間の住む場所じゃねえ」

「確かにな。だが、帰れば、罪が軽くなる」

「そうだな。死罪だけは免れそうだ。でもな、あんな場所には二度と行きたくねえ」

吉松はため息をついた。

呑み食いしたあと、散らかしっぱなしで、ふとんに入った。薄いふとんだが、板の間にじかに横たわっていた身にはやわらかく感じられた。

吉松は鼾《いびき》をかきはじめた。

が、峰吉はある思いにとらわれて、なかなか寝つけなかった。

明後日、無事に戻ったら罪が軽くなる。それでも、遠島か。江戸にいられなくても、生きているだけでいいという者もいるだろう。だが、峰吉は違うのだ。

おちかのいない世の中など、考えられない。

たとえ、牢に戻ったとしても八丈島《はちじょうじま》か式根島《しきねじま》で、死んだように生きていくしか道がないのなら、戻っても無駄だ。

俺の人生は終わったのだ。ただ、悔いはおちかと音次郎の命を奪えなかったことだ。だが、いまは自由がある。この三日間だけ、自由に動き回れる。

これぞ天の恵みだ、と峰吉は思った。

吉松の鼾がふいに止んだ。

「いま、何時だ?」

峰吉はきいた。

「まだ、五つ(午後八時)には間がある」

「そうか」

まだ、間に合うと、峰吉は思った。

そのとき、吉松がふいに思い出したように、

「ちょっと、兄貴のところに行ってくる」

と言い、出かけて行った。

峰吉は台所に行った。包丁があった。それを手拭いでくるんで懐にしまった。

それから、峰吉は南六間堀町にある家を出た。

外は真っ暗だった。風が収まっていた。そういえば、火事も鎮火したのか、北西の空は穏やかだった。

峰吉は小名木川に出て、万年橋《まんねん》を渡り、仙台堀《せんだい》に差しかかった。

上之橋を渡る手前で、峰吉は懐に手を突っ込み、包丁を確かめた。そして、顔を前に戻したとき、目の前の橋を渡って来た羅宇《らう》屋の年寄りと目があった。峰吉はあわてて、顔をそむけ、羅宇屋の脇をすれ違って行った。

峰吉は永代橋を渡り、霊岸島《れいがんじま》を突き抜けて、稲荷橋《いなり》を渡った。そして、京橋川沿いを南八丁堀からお濠まで出て、元数寄屋町二丁目にやって来た。遠く通りの両側に並ぶ商家の大戸は閉まり、閑散としていた。遠くの軒行灯に明かりがの軒行灯に明かりが灯っていた。『大津屋』に近づいたとき、峰吉はあっと声を上げそうになった。

潜り戸から同心の植村京之進が出て来たのだ。辺りを見渡すと、暗がりに町方の者らしき姿も見える。

警戒されている。峰吉は唖然とした。念のために、裏口にまわってみようとした。だが、路地の奥にも町方がいた。

そのとき、背の高い遊び人が店に入って行った。この前、峰吉の邪魔をした半蔵という男だ。ちくしょう。万全の構えで、峰吉の襲撃に備えているようだ。

いったん、『大津屋』から離れ、四半刻（三十分）後に戻ってみたが、やはり、町方はうろついていた。

これでは忍び込むことさえ困難だ。ましてや、おちかのそばに辿り着くことなど不可能だ。

峰吉はきょうはいったん引き上げることにした。

四

一夜明けた。風もなく、空は澄んでいた。

編笠をかぶり、剣一郎は八丁堀の屋敷を出た。

剣一郎は日本橋の大通りを歩いた。焼け野原の中に、表通りの土蔵造りの大店《おおだな》の建物だけが残っていた。

そこかしこで、焚《た》き出しがあり、大勢のひとが並んでいる。もう復旧のための作業がはじまっているところもある。瓦礫《がれき》を片づけ、大八車に積んで運んでいる。

大きな商家は土蔵があって品物を避難させ、また、深川辺りにある別邸に材木を確保してあり、ただちに再建に向けて動き出せる。得意先や親戚の者などが火事見舞いや瓦礫の始末に馳《は》せ参じるだろう。

江戸の人びとのたくましさに感心しながら、剣一郎は筋違橋を渡り、下谷広小路にやって来た。

この辺り一帯はかなり被害が大きい。土蔵造りの家も周りは焼け落ちていた。だが、焼け跡もその辺りまでで、あとは焼け残った家があり、不忍池《しのばずのいけ》までは見通せなかった。

火元がこの付近であることが想像された。

池之端仲町には町火消人足改与力が出張っていて、新任の定町廻り同心の只野平四郎の姿もあった。

ある焼け跡の前に佇んでいると、鳶の者が瓦礫を片づけていた。

その声で、町火消人足改与力も顔を向け、頭を下げた。

平四郎が剣一郎に気づき、声をかけた。

「青柳さま」

平四郎が近寄って来た。

「青柳さま」

「たいへんでございます。『玉雲堂』の焼け跡から発見された男の黒こげの死体に、刀で斬られたあとが見つかりました」

「なに?」

「顔は黒こげでわからないのですが、どうやら先日の浪人に絡まれていた番頭のようです」

風烈廻りとして、平四郎もいっしょに見廻りをしていてこの場所までやって来たときに、番頭と小僧がふたりの浪人の前で土下座をしていたのだ。そのとき、羅宇屋の徳三が助けに入った。

「小僧は？」

「別の場所に避難しているようです」

「無事であったか。その他、『玉雲堂』の者たちは？」

剣一郎は確かめた。

「みな、無事でした。さっき、検分が済んだので、番頭の亡骸《なきがら》を大八車で寺まで運んで行きました」

「火元は『玉雲堂』なのか」

「いえ、数軒先の裏長屋の横にある稲荷社だと思われます。そこを境に風上に当たる北側の延焼はほとんどありませぬ」

平四郎が答えると、町火消人足改与力が近寄って来て、

「どうやら、付け火の疑いがございます」

と、訴えた。

「稲荷社に火を放ったのは、長屋に燃え移すためか」

「そうだと思います」

「真昼から大胆な犯行だ」

剣一郎は憤然とした。

「『玉雲堂』の主人は裏手に炎が見えたので、みなを退避させたが、番頭だけが銭函《ぜにばこ》を取りに戻ったということでした」

「では、銭函は？」

「わからないそうです。焼け跡からは見つかっておりません」

「盗られた可能性があるのだな」

「はい」

「平四郎。定町廻りになり、はじめて直面した事件だ。しっかりと探索せよ」

「はっ」

平四郎は畏まって答えたが、目がなんとなく剣一郎にすがっているように思えた。

「おそらく、付け火をした者と『玉雲堂』に押し入った者は同一人物であろう。ひとりか、複数かわからぬが、火事のどさくさに紛れて金を奪おうとしたのだ。最初から『玉雲堂』に目をつけた上での付け火と思われる。出火前後、この近辺で、不審な侍が目撃されているかもしれぬ。そこからはじめてもよい」

「はっ」

「それから、先日の浪人を調べる必要がある。ただし、まだ犯人と決まったわけではないから、そのつもりで接するのだ」

「畏まりました」

剣一郎は平四郎を励まし、その場を離れた。

大火の割には死者が少なかったのは幸いだった。それでも、犠牲者は何人か出て、親を失った子どももいたようだった。

再び、神田川を渡り、須田町《すだちょう》から小伝馬町に足を向けた。火事は牢屋敷の直前まで迫っていた。

きのうの大火で、囚人は切り放しになり、三日間の猶予をもらって、いっときの娑婆の暮らしをどこぞで満喫していることであろう。

牢屋敷の近くで、剣一郎は牢屋敷の門から出て来た植村京之進と出会った。

「どうしたのだ？」

笠を上げ、剣一郎はきいた。

「青柳さま」

京之進は近寄り、

「きのうの切り放しの様子を確かめて来たところです」

「どうであった？」

牢屋敷から離れながら、剣一郎はきいた。

「回向院境内で、無事切り放した由。でも、すでに何人か牢に戻っているようです」

「そうか」

なまじ、娑婆の暮らしに未練を持つと、三日経っても二度と牢に戻りたくなくなる。そうなると、死罪だ。ならば、あと少しの辛抱と、未練が出ないうちに牢に戻って来る者もいるのだ。

「あの者が気になるのか。峰吉と言ったな」

東堀留川《ひがしほりどめ》に出て、ひと気のない場所で立ち止まった。

「はい。じつは、そうでして。橋尾さまのお話では、吟味でも一貫して、乱心していたと認めようとしなかったそうです。乱心であれば、罪が軽くなるものを」

京之進は無念そうに言った。

「自分の生きざまを乱心という形で打ち消したくないのであろう。だが、この火事のおかげで、無事三日以内に帰れば罪が減じられるではないか」

「そうなのですが」

「何か、気になるのか」

「はい。峰吉はおちかという女のいない世の中を生きていても仕方ないと思っています。だとすれば、この三日間、またおちかを襲うかもしれないと思い、杞憂《きゆう》かもしれませんが『大津屋』の周囲を警戒させています」

「なるほど」

剣一郎は険しい顔つきになり、

「京之進の危惧《きぐ》は当たっているやもしれぬ。そのつもりで、ことに当たるべきであろう」

「はい。峰吉にこれ以上罪を犯させないようにしなければ」

「何かあれば力になろう」

「ありがとうございます」

江戸橋のほうに向かう京之進と別れ、剣一郎は小網町《こあみちょう》から永代橋に向かった。

火付けの件も、峰吉の件も、それぞれ平四郎と京之進に任せておけば問題ないだろう。奉行所が焼け出された人びとのために、仮設の小屋を建てたりしているが、富豪の商人も義援金を出して、困っている人びとを支えている。

火事の多い江戸では、復旧・復興が早い。それだけ、火事馴《な》れしているとも言えるし、江戸の町人のたくましさとも言える。

永代橋を渡り、深川にやって来た。

剣一郎は羅宇屋の徳三を探しているのだ。徳三が旗田蔦三郎であるかどうか、そのことにも興味がないわけではないが、徳三の風雪に耐え忍んで来たような表情に心惹《ひ》かれるのだ。

ぜひ、会いたい。剣一郎はその思いに突き動かされている。

仙台堀を越え、清住町《きよすみちょう》から小名木川にかかる万年橋までやって来た。

川の向こうに大名の下屋敷、こちら側は海辺大工町だ。剣一郎は自身番により、町内に徳三という年寄りの羅宇屋が住んでいないかきいた。

「徳三なら、私の長屋におります。なんだか、いつの間にか行商長屋っていわれているんですが、店子は行商の人間ばかりなんです」

と、小肥りの家主が答えた。

「そうか。いるのか」

剣一郎は覚えず安堵の笑みを浮かべた。

「青柳さま。徳三がどうかいたしましたか」

家主が不安そうな顔をした。

「いや。過日、ひと助けをした。じっくり礼を言う暇もなく立ち去ってしまったので、こうして探しているのだ」

「さようでございますか。徳三は寡黙《かもく》な男ですが、長屋の者たちの難儀も何度も救っております。そうですか。徳三が」

家主はうれしそうに言う。

「徳三はいつごろから住んでいるのか」

「行商長屋には三年です。請人は、本所亀沢町《かめざわちょう》で、『蓑屋《みの》』という唐傘《からかさ》屋をやってます甚助《じんすけ》さんです」

「いまは、出かけているだろうな」

「はい。朝早くから、本郷、小石川《こいしかわ》から根津《ねづ》、池之端、さらには浅草《あさくさ》などに行っているようです。あっちのほうにお得意さんが多いと聞きました」

「わかった。助かった」

礼を言い、自身番を出た。

いないと思っても、長屋をみておこうと、小名木川の片側に細長く続く海辺大工町に入り、行商長屋を見つけた。

長屋木戸を入ると、腰高障子《こしだかしょうじ》に扇子《せんす》と簪《かんざし》のへたな絵が描かれているのは小間物屋で、鍵の絵が描かれているのは錠前屋か。

絵はないが、徳三という千社札が貼ってあるのが徳三の住まいだろう。戸に手をかけると簡単に開いたが、家の中は暗かった。

案の定、留守だった。

剣一郎は高橋を渡り、南森下町、北森下町を通って弥勒寺《みろくじ》の前を過ぎて、竪川にかかる二之橋を渡った。

二之橋を渡って、一ツ目通りを行くと、亀沢町になる。小商いの商家が並ぶ一角に、『蓑屋』が見つかった。

店の壁に番傘や蛇《じゃ》の目《め》傘などが下がり、板の間で職人が傘の張り替えをしていた。

剣一郎は店先に立ち、

「主人の甚助はおるか」

と、小僧にきいた。

「はい、お待ちください」

小僧は奥に引っ込んだ。

すぐに鬢《びん》に白いものが目立つ初老の男が土間に出て来た。

「甚助か。私は、南町の者だ」

剣一郎はそう言い、編笠を心持ち上に押し上げた。下から覗き込んだ甚助はあわてて平伏した。

「青柳さまでございましたか」

「そんなに畏まらなくともよい。じつは羅宇屋の徳三のことで訊ねたい」

剣一郎が切り出すと、

「まさか、徳三さんの身に何か」

と、甚助は不安そうな顔をした。

「いや、なんでもない。じつは、徳三はひと助けをした。改めて礼を言いたくて、徳三のことを調べているだけだ」

「そうでございましたか」

甚助はほっとしたように言った。

「何か心配ごとでもあるのか」

「いえ、青柳さまがわざわざお訪ねになるのは、徳三さんの身に何かあったからではないかと思ったのです」

「ふつうは、徳三が何か仕出かしたと思うのではないのか」

「いいえ。徳三さんがお手を煩《わずら》わせるような真似をするとは思いませんでしたから、そのような考えは持ちませんでした」

甚助は真剣な顔つきで答えた。

「ずいぶん、徳三を買っているようだな」

「なかなか、出来たお方ですから」

「そなたが、徳三の請人になった経緯をきかせてもらいたい」

剣一郎はいよいよ本題に入った。

「はい。ここではなんですから、どうぞこちらへ」

甚助は奥の部屋に招じた。部屋の隅に傘の貼り紙が置いてある。大きな取引をするときの商談に使う部屋のようだ。

差し向かいになってから、甚助が語りだした。

「あれは三年ほど前です。私が川崎大師《かわさきだいし》に行った帰り、六郷《ろくごう》の渡しに向かう途中で、土地のならず者に因縁《いんねん》をふっかけられ、有り金をすべて巻き上げられそうになったのでございます。そこに、旅の身なりをした徳三さんが通り掛かり、ならず者に話をつけてくれたのです」

「話をつけた?」

「はい。最初は、徳三さんは私といっしょになって財布を返してくれるようお願いしてくださっていたのですが、相手は聞く耳を持たず、そのまま持ち去ろうとしました。徳三さんは相手にしがみついて、財布をお返しくださいと頼んだのです。すると、その男が急に財布を放って逃げ出しました。仲間もあわてて逃げて行ったのでございます」

「なにがあったのだ?」

「ですから、徳三さんが頼んでくれたのです」

ならず者が、そんなことで奪った財布を返すとは思えない。甚助には体の陰になって見えなかっただろうが、徳三は相手の腕をひねり上げたか、手首を摑んで身動き出来なくしたか。いずれにしろ、柔術か何かの技を使い、相手の急所を攻めたのに違いない。

「謝礼を差し上げようとしましたが、徳三さんはそんなつもりでやったんじゃありませんからと、行ってしまいました」

甚助は息継ぎをし、

「ところが、翌日、野暮用の帰り、両国橋でとぼとぼ歩いている徳三さんを見つけたのです。それで、声をかけました」

徳三は住む場所を探したが、請人がなく断られ、昨夜は橋の下で野宿したという。

そこで、甚助が請人になり、知り合いの家主がいる海辺大工町の行商長屋に住む家を世話してやった。その長屋に、羅宇屋の男がいて、その男に教わり、羅宇屋をはじめたという。その男は病気で、仕事が出来なくなっていたという。

「その男が去年亡くなったんですが、徳三さんは毎月、墓参りに行っているようです」

「墓参り?」

「へえ。西行寺《さいぎょうじ》という小さな寺が海辺大工町にあります。徳三さんは、そこにその男の墓をこしらえてやったんです。よほど恩誼《おんぎ》を感じていたんでしょう」

墓参りという言葉が、剣一郎の脳裏に残った。

「徳三の生国はどこかきいたか」

「信州《しんしゅう》の浅間《あさま》のほうだと言っていましたが、各地を転々としていたようです。肥後《ひご》にもいたことがあるそうです」

「徳三のことで何か気づいたことはあるか」

「何かと申しますと?」

甚助は一瞬、警戒したような表情をした。

「思ったままのことを話して欲しい。何を聞いても、徳三に不利になることはしない」

「へえ」

少し迷っていたが、思い切った様子で、甚助は口を開いた。

「これは私のひとりよがりな思い込みに過ぎません。ましてや、徳三さんに確かめたわけじゃありません」

そう断ってから、甚助は続けた。

「徳三さんは元は武士だった気がします」

「どうして、そう思うのだ？」

「何かの話の折りに、そのようなことをぽろりと。それに、あのひとの立居振舞いはわれわれのような軟弱なものと違い、びしっとしています。そう考えると、川崎でならず者を退散させたのも肯《うなず》けます。おそらく、武術の心得があったのでしょう」

「なるほど」

「それと、徳三さんは敵持《かたき》ちかと思ったことがございます」

「敵持ち？」

「はい。敵討ちとして狙《ねら》われ続け、ほうぼうを逃げ回って来たのではないか。ふと、そんなことを思ったりしました。でも、仮にそんな過去があろうが、いまの徳三さんとは関係ありません」

「いや。参考になった」

剣一郎は立ち上がった。

「青柳さま。徳三さんのことで何かありましたらお申しつけください。私で出来ることなら、なんでもやります」

「わかった」

甚助の話から、ますます徳三が旗田蔦三郎である可能性が強くなってきた。そして、いままで気づかなかったことは、墓だ。

剣一郎は、再び二之橋を渡り、海辺大工町に戻って来た。そして、西行寺の小さな山門をくぐった。

寺務所に行き、

「この寺に、三十年ほど前に亡くなった芸者の夢路の墓があるか」

と、剣一郎は若い僧侶に訊ねた。

「はい。ございます」

「ほう、そなたが生まれる前のことだろうに、よくご存じだ」

「はい。三年ほど前に、夢路さんの墓の場所をきかれ、調べたことがありますから」

「墓の場所をきいたのは誰か」

「徳三さんと仰る方でございます。ときおり、お参りにこられているようです」

「墓の場所を教えてもらいたい」

「はい。あそこに見える手水場《ちょうず》の脇を奥に行きますと、井戸がございます。井戸の手前を左に曲がった突き当たりの右手にございます」

礼を言い、剣一郎はそこに向かった。

井戸の手前を左に曲がると、だんだん古い墓石になって来た。

夢路の墓はきれいになっていた。周囲の雑草も取り除かれている。朽《く》ちかけた卒塔婆《そとば》が残っていた。

花が手向《たむ》けられており、お墓に訪れる者がいることを物語っていた。それが、徳三であろう。

徳三が墓を掃除している姿が、剣一郎の目に浮かんでいた。

いまさら、徳三の正体を暴いたところでどうなるものでもない。そう思い、剣一郎は徳三に会わず、そのまま引き上げた。

五

その日の朝、峰吉が目を覚ますと、太陽は高く上っていた。

ゆうべ、『大津屋』から遅い時間に帰って来た。

吉松はすでに帰っていて横になっており、何も言わなかった。峰吉もふとんに横たわったが、なかなか寝つけなかったのだ。

厠《かわや》に行き、顔を洗って居間に行くと、吉松が待っていて、

「ゆうべは、どこへ行っていたんだ?」

と、きいた。

「ちょっとな」

峰吉はあいまいに答えた。

「女のところか」

「まあな」

峰吉は口許を歪《ゆが》めた。

「まあいい。早く飯を食え」

「もう食べたのか」

「ああ、済んだ」

吉松はあくびをかみ殺して言う。

「じゃあ、いただかせてもらう」

飯を食いながらも、峰吉は『大津屋』の警戒を考えていた。火事で、四人が切り放しになったときから、『大津屋』は峰吉がまた襲って来ると思ったようだ。

無理もない。吟味の様子を聞かされれば、峰吉がまだ恨みをもっていることは、誰もがわかることだ。

白飯に味噌汁をぶっかけてすする。どうするか。このままでは、なんの手出しも出来ない。

諦めるのか。峰吉は自問する。いや、諦めることなど出来ない。

「おい、どうしたんだ?」

吉松の声に我に返った。

「さっきからため息をついているじゃないか。どうしたってんだ。出かけた先で何かあったのか」

吉松は身を乗り出した。

「おめえが何をやらかしたのか、俺は聞いてねえ。話してくれねえか。なんなら、力になるぜ」

虚《うつ》ろな目で吉松を見たが、峰吉は急に体から勇気が湧いて来た。吉松の手を借りれば、なんとかなるかもしれない。

「聞いてくれるか」

峰吉は吉松に体を向けた。

「じつは、『大津屋』に行って来た。若夫婦を殺すためだ。だが、町方が警戒していた」

「おいおい、どういうことだ?」

吉松は居住まいを正して言った。

「俺は、『大津屋』の音次郎の女房になっているおちかとは所帯を持つことになっていた。ところが、あとからしゃしゃり出て来た音次郎が金の力でおちかを奪って行った」

峰吉はこれまでの経緯をはじめて話した。

「なるほど。おめえにとっちゃ、殺しても飽きたらねえだろうな」

吉松は同情した。

「頼む。手を貸してくれねえか。いや、といっても、おまえに迷惑をかけたくねえ。せっかく三日以内に戻れば罪が軽くなるんだからな」

「ちっ。軽くなるっていったって、遠島でしかねえ」

「それでも、生きていられる。そのおまえによけいな真似はさせられねえ」

「待てよ。そう、結論を急ぐな。まず、おめえの考えを聞かせてくれ。俺はどうすればいいんだ？」

「いや、いい。万が一、おまえが捕まりでもしたらことだ」

「だから、話してみな」

「じゃあ、話す。だが、すぐに忘れてくれ。いいな」

「わかった」

「今日の夜、俺は『大津屋』の裏手で火をつける。なあに、ぼやを起こすだけだ。おまえは、火事だと騒いでくれればいい。混乱に乗じて、俺は家の中に押し入る」

「ばかな。そんなことをしたら、おめえはすぐ捕まってしまう」

「構わねえ。俺の目的はおちかと音次郎を殺《や》ることしかねえ。それが出来たら、俺は死んでも本望だ」

峰吉の烈《はげ》しい顔つきに、吉松は頷いた。

「わかった。やってやろうじゃねえか」

「しかし、おまえに迷惑をかけられねえ」

「火事だって騒ぐだけだ。捕まるはずはない。やろう」

「いいのか」

峰吉は確かめるように、吉松の目を見つめた。

「当たり前だ。それに、万が一、捕まったら、峰吉の様子がおかしいのであとをつけてきたら火が見えたので、あわてて騒いだのだと言う」

「よし」

それなら、吉松に罪がかぶさることはないだろうと考えた。

「じゃあ、今夜だ」

峰吉と吉松が入念な打ち合わせをしていると、格子戸の開く音がした。

吉松の姉のお元が居間にやって来た。

「今夜、うちのひとがおまえを連れて行きたいところがあると言っていたんだよ。そのつもりでいてくれるかえ」

「今夜？」

吉松は首を横に振った。

「今夜はだめなんだ」

「えっ、だめ？」

お元は眉根を寄せた。

「どうしてだい？」

「今夜は峰吉さんと約束があるんだ」

「それは困ったわねえ」

お元は厳しい表情をした。

「じゃあ、昼過ぎに来て。迎えに来るから」

「昼過ぎか。わかった」

吉松が応えた。

お元が引き上げたあと、

「だいじょうぶか。朝次郎さんのせっかくの誘いを断って？」

「別に、気にしなくていい。昼過ぎに行って来る。夕方までに戻る」

吉松はあくびをし、

「昼まで、もうひと寝入りするか」

と、立ち上がった。

昼過ぎに、お元が迎えに来た。

吉松はお元といっしょに出かけて行った。

峰吉はひとりになり、今夜の首尾を考えた。

火事騒ぎに乗じて中に入れば、活路は見いだせる。場合によっては殺すのはおちかだけでもいいのだ。おちかを殺して自分も死ぬ。それで、満足だった。

夕方七つ（午後四時）の鐘が鳴った。それから、さらに、四半刻（三十分）経った。

吉松はなかなか帰って来なかった。部屋の中が薄暗くなって来た。峰吉は行灯に明かりを灯した。

夕飯を先に食べた。昼過ぎにやって来たとき、お元が置いて行った塩漬けしたいかがおかずであった。

暮六つ（午後六時）の鐘が鳴っても、まだ吉松はもどらない。

（妙だな）

峰吉は眉根を寄せた。

ひょっとして、女かもしれないと思った。別れが惜しくて、こっちの約束を忘れてしまったのか。

峰吉はじりじりしながら、吉松の帰りを待った。

やっと戸が開いた。峰吉が飛んで行くと、土間に見知らぬ男が立っていた。鼻の頭に大きな黒子《ほくろ》がある。目つきの鋭い男だ。

「どなたですかえ」

峰吉はいぶかしくきいた。

「峰吉さんですね」

男は静かにきく。

「へい」

「吉松さんから頼まれてやって来ました」

「吉松さんは、いまどこに？」

「あるところです。じつは至急、連れて来てくれと頼まれましてね。すいませんが、ごいっしょ願えますか」

「わかりました。すぐ、行きましょう」

峰吉はいったん奥に戻り、包丁を懐に呑み、さらに油を染み込ませた布と火打ち石を持って来た。

外に、遊び人ふうの男がふたり待っていた。なんとなく、峰吉はいやな感じがした。

「さあ、行きますぜ」

躊躇《ちゅうちょ》したのを見透かしたのか、男が急かした。

峰吉は気が進まなかったが、男に従うしかなかった。

空も紺色に染まり、足元も暗くなってきた。男たちに前後をはさまれる形で、峰吉は大川と反対の方向に歩きだした。

しばらく行くと、前方から羅宇屋の年寄りがやって来るのを見た。きのうはいまよりもっと遅い時間に、仙台堀にかかる二之橋ですれ違った。

きょうは反対方向から帰って来たようだ。

無意識のうちに、峰吉は羅宇屋に目をやった。助けを求めたのか、ただ男の皺《しわ》の浮き上がった顔に惹かれただけなのか、自分でもよくわからない。

男たちは小名木川をまっすぐ行き、川の両岸に大名の下屋敷が続く一帯を抜けて大横川に出た。

扇橋を渡って、すぐ右に折れた。そのまま川沿いを行き、仙台堀に出る前の町が石《いし》島町《じまちょう》である。

男たちは、その町角を曲がった。そして、原っぱが広がった手前にある大きな家にやって来た。どこかの別宅のようだ。

「さあ、ここです。どうぞ」

男は門を入るように命じた。

「吉松さんは、ほんとうにここにいるのか」

峰吉は問いつめるように確かめた。

「どうか、ご自分の目で確かめなすってくださいな」

男は口許に冷笑を浮かべた。逃げ道を断つように、ふたりの男は立ちふさがっている。峰吉ははじめて恐怖感を覚えた。

「さあ、入ってもらう」

男が峰吉を突き飛ばした。

峰吉はよろけ、門の中に飛び込んで、たたらを踏んだ。

「おまえたち、何者だ？」

門が閉まった。

「そんなこと、おめえが知る必要はない」

男は薄ら笑いを浮かべ、いきなり、拳を峰吉の鳩尾《みぞおち》に食らわせた。一瞬息が詰まり、峰吉は腹を押さえてうずくまった。

そこを足蹴が飛んできて、顎《あご》を蹴られ、後ろに烈しくのけぞって倒れた。土に後頭部をしたたか打ちつけた。

仰向けに倒れた拍子に懐から包丁が飛び出て転がった。

「こんなものを懐に呑んでいやがったか」

男は倒れている峰吉の懐に手を突っ込んだ。油を染み込ませた布と火打ち石を見つけた。

「やっ、付け火でもするつもりだったのか。とんでもねえ野郎だ」

そう言い、もう一度、腹を蹴った。峰吉は体を丸めて激痛に呻《うめ》いた。

朦朧《もうろう》としながら、峰吉は宙を浮いていた。男たちに担がれているのだと気づいた。

そして、暗い中に放り込まれた。

漆黒の闇は小伝馬町の牢屋敷を思い起こさせた。

半ば意識を失いかけ、微かな錠前の締まる音とともに男たちが遠ざかって行くのがわかった。

何が起こったのか、峰吉はさっぱりわからない。吉松はどうしたんだと気にしながら、やがて峰吉は意識を失った。

その頃、吉松はやっと目を覚ました。

「ここは、どこだ？」

天井から襖《ふすま》を見る。行灯の明かりがぼんやりと壁にかかった女の着物を映し出している。

横に、女がいた。思い出して来た。

女はおふくだった。せっかくの娑婆を楽しめと、朝次郎がこの家に連れて来てくれたのだ。

ここは亀戸天満宮《かめいどてんまんぐう》の近くだ。小粋《こいき》な黒板塀に格子づくりで、妾宅《しょうたく》のような家だった。

おふくは姉のお元の仲居時代の朋輩《ほうばい》だ。うりざね顔の色っぽい女で、受け口の厚い唇が卑猥《ひわい》な印象だった。

数日間とはいえ、男だらけの牢にいたせいか、目の眩《くら》むようなおふくの妖艶さに、吉松は半ば夢心地になっていた。

三人で酒を酌《く》み交わすうちに、朝次郎は引き上げ、おふくとふたりきりになった。

昼間から差しつ差されつ、やがて吉松は欲望を抑えきれなくなった。

おふくの帯を解き、夢中で襦袢《じゅばん》をはぎ取り、白い温もりの中に身を沈めていった。

それから、この時間まで死んだように眠ってしまったのだ。

あっと跳ね起きた。外を見る。空は暗くなっていた。

「どうしたのさ」

女が起き上がってきいた。

「行かなきゃならねえ」

吉松はあわてて着替えようとした。

「いや、いかないで」

女がしがみついてきた。

「こんなことしちゃいられねえんだ」

「もっといっしょにいたい」

女が豊満な体をつきだしてきた。

「すまねえ。放してくれ。行かなきゃならねえんだ」

「いや、だめ」

女の体臭が甘美に迫った。峰吉との約束を果たさねばならない。それより、牢屋敷に戻らねばならないのだ。

「ねえ。もっと楽しもう。いいでしょう」

吉松の頭は混乱していた。戻れば、罪一等減じられる。死罪ではなく遠島だ。だが、と吉松は思った。

遠島となり、たとえ死を免れたとしても、もうこんないい女を抱くことは出来ない。それで生きていく価値があるか。

だったら、この短い期間でも、この女と享楽したほうがいい。

「峰吉さん。すまねえ」

吉松は呟《つぶや》いて、女を抱きしめた。

何か音がした。峰吉は意識を取り戻した。体を起こし、峰吉は耳をそばだてた。

錠前を開ける音がした。連中が戻ってきたのかと、峰吉は身構えた。

戸が音を立てて開いた。月明かりが射し、ひと影が現れた。

「いるか」

男の声がした。年寄りのようだ。

「あっ、あなたは……」

峰吉は声を上げた。羅宇屋の年寄りだった。

「だいじょうぶか。さあ、ここを出るんだ」

「すまねえ」

峰吉は立ち上がって戸口に向かった。

「どうして？」

「そんなことは、あとだ」

門に向かう途中、さっきの男たちが倒れているのが目に入った。

「さあ、急ぐんだ」

峰吉は羅宇屋の年寄りのあとに従い、小名木川沿いに出たが、はたと思い出し、年寄りに声をかけて立ち止まった。

「すまねえ。俺は行かなきゃならねえところがあるんだ」

「どこへ行くんだ？」

「そいつは……」

「『大津屋』か」

「げっ、どうして、それを？」

「おめえ、きのう、仙台堀で会ったとき、懐に匕首か何かを呑んでいたな。殺気だった表情だった。気になって、あとをつけたのさ」

「………」

「さあ、相手が目を覚まして追いかけてくる前に急ぐんだ」

年寄りが連れて行ったのは、海辺大工町にある長屋だった。

「入れ」

年寄りは部屋に上がり、行灯に明かりを入れた。

「怪我はどうだ？」

「蹴られたところがまだ痛むけど、だいじょうぶだ」

峰吉は腹をさすっていう。

峰吉は部屋に上がった。四畳半で、隅に枕屏風《まくらびょうぶ》と夜具が置かれ、反対側の壁に柳行李《やなぎごうり》がある。あとは柱に着物が吊るしてあった。

徳利《とっくり》と縁《ふち》の欠けた茶碗を差しだし、

「呑め」

と、年寄りは言った。

「なぜ、『大津屋』に乗り込もうとしたか、聞かしちゃくれないか。おっと、俺は徳三だ。おめえの名は？」

「へい。峰吉と申します」

「峰吉さんか。さっそく、事情を聞かせてもらおうか」

「はい」

峰吉は徳三に問われるままに、今までのことを話した。

「じゃあ、何か。この前の火事で、切り放しになっている身か」

「はい。この機会に、おちかと音次郎への恨みを晴らしたいと思ったのです。そしたら、もう死んでもいいと」

「それはとんでもねえ了見違いだ」

徳三が厳しく言った。

「おちかって女を殺したってなんにもならねえ。ましてや、おめえまで死んでしまったら、まったく意味がねえ」

「おちかのいない世の中に何も未練はありません。いえ、地獄でしかないんです」

またも、悔し涙が流れて来た。おちかとの楽しかった思い出のぶんだけ、悲しみが襲ってくる。

「どんなに辛いことでも、年月が解決してくれる。それより、生きて行くってことが大切だ。生きて、おちかを見返すだけの人間になることだ」

「そんなこと、出来ません」

「出来る。おちかを殺そうという情熱があるのだ。それを他に向ければいい」

そんな簡単なことではないと反撥《はんぱつ》を覚えたが、峰吉は言い返す気力はなかった。おちかを殺す機会を失ったことに絶望感を覚えた。

「確かに、生きて行くことは苦しく、辛いことだ。俺だって、何度死のうかと思ったかしれねえ。だが、人間ってのは、そう簡単に死ねねえものだ」

徳三の深く刻まれた皺のひとつひとつに苦しみと悲しみが宿っている。そんな気がして、峰吉は改めて徳三の顔を見つめた。

「幸いなことに、おめえはまだひとを殺《あや》めちゃいねえ。取り返しがきくんだ」

徳三は口調を改め、

「いいか、峰吉さん。明日、必ず牢に帰るんだ。いいな」

「…………」

「おそらく、牢に帰れば、おめえは追放で済むはずだ。おちかのことを忘れるにはかえって江戸を離れたほうがいい」

徳三は厳しい顔で、

「いいか。わかったな。明日、俺が回向院まで送ってやる」

「へい」

「ともかく、生きろ。生きていれば、きっといいこともある。おめえなら出来る」

反撥を覚えていたはずの徳三の言葉がいちいち身に染みた。不思議な気持ちになっていた。徳三の顔が、高僧のように思えて来た。

だんだん、おちかへの執着が消えて行くような気がした。

「徳三さん。俺は目が覚めたような心地だ。このとおりだ」

峰吉は頭を下げた。

「わかってくれたかえ。よかったぜ」

徳三はほっとしたように言ってから、

「ところで、おめえを襲った連中が何者だか、心当たりはあるのか」

「いえ、ありません」

「あの家が誰のものかわかれば、そこから手掛かりが摑めるかもしれねえ。あの連中が、なぜおめえを土蔵に閉じ込めたのかわかるかえ」

「なぜ、ですかえ」

「牢屋敷に帰さないためかもしれねえ」

「なんですって」

「明日いっぱい土蔵に閉じ込めておけば、約束の三日が守れなくなる。そしたら、おめえは間違いなく死罪だ」

「いってえ、誰が……」

峰吉は声が引きつった。

「おめえが死罪になって安心するのは『大津屋』だが……」

「『大津屋』の連中は、俺の居場所など知らないはずです」

そのとき、峰吉は吉松のことを思い出した。

「徳三さん。ちょっと、出かけて来る」

「どこへ？」

徳三が鋭い目をくれた。

「違う、『大津屋』なんかじゃねえ。吉松のことが気になるんだ。昼過ぎから出かけたきりなんだ」

「待て。さっきの連中がうろついているかもしれねえ。鼻の頭に大きな黒子がある男は中でも凶暴そうだ。それに、敵には、おめえが世話になっている家も知られているのだ。出て行くのは危険だ」

「でも」

「ともかく、明日にしろ」

徳三に説き伏せられ、峰吉は再び腰をおろした。

六

翌日、剣一郎が出仕すると、すぐに宇野清左衛門に呼ばれた。

「宇野さま。お呼びにございますか」

「うむ。こちらへ」

清左衛門が文机に向いていた体をまわした。

剣一郎が近づくのを待って、清左衛門は切り出した。

「太田勘十郎から、只野平四郎に忠言をしていただけないかと言って来た」

太田勘十郎は古参の臨時廻り同心で、新米定町廻りの只野平四郎の指導や相談に乗っている。

「どうやら、太田勘十郎は手を焼いているようだ」

清左衛門が苦笑しながら言う。

「なにか、平四郎に問題が?」

剣一郎は心配になった。平四郎を定町廻り同心に推挙したのは剣一郎であり、平四郎に問題があれば剣一郎も責任を感じるのだ。

「いや、問題ではない。ただ、張り切りすぎて困っているようだ。なんでも自分ひとりで調べようとしている。あれでは体を壊してしまうと、太田勘十郎が心配しているのだ。どうやら、忠告も耳に入らないらしい」

付け火を利用した押込み事件の探索に当たっている平四郎は、はじめての事件で張り切っているのだろう。

平四郎の張り切る気持ちはわかるが、あまりにも肩に力が入り過ぎても困る。

「わかりました。平四郎にそれとなく話しておきましょう」

「頼む」

清左衛門はふと思い出したように、

「青柳どの。例の羅宇屋の男のことで何かわかったか」

と、口にした。

「申し訳ございません。最後までは、確かめておりませぬが」

剣一郎はそう断った上で、徳三についてわかったことを説明した。

「なるほど。夢路の墓を守っているのか」

聞き終えてから、清左衛門はしみじみと言った。

「はい。諸々のことから推察するに、徳三が旗田蔦三郎である可能性は高いと思いました。ですが、あくまでも旗田蔦三郎だったとしてもおかしくないというだけですが」

剣一郎はやや身を乗り出し、

「徳三が旗田蔦三郎であるかどうか、これ以上追究することは、もはや詮なきことではないかと思いまして、あえて接触するのを諦めました」

「そうだのう。もう関係者とて三十年も経ち、亡くなった者もおり、事件の記憶とて薄れておる。それに、死んだと思っている人間をいまさら蘇らせても無意味というもの」

清左衛門は目を閉じて言った。

しばらくして、清左衛門は目を開けた。

「青柳どのの申すとおりじゃ。徳三のことは、このままに」

「畏まりました」

「もし、徳三が蔦三郎だとしたら、この三十年間、あれだけの罪を背負ってどのように生きて来たのか、ちと興味を覚えるな」

「私も同様にございます。正直、一人の人間として、蔦三郎に会ってみたいと思います」

清左衛門の前から辞去し、与力部屋に戻ってから、剣一郎は坂本時次郎を呼び、臨時廻り同心の太田勘十郎に来るように告げてもらった。

時次郎が去ってから、剣一郎は再び徳三のことを考えた。若い頃の蔦三郎と今の徳三とはまったく別人のようだ。その間にどんな風雪があったのか、聞いてみたいと思った。

だが、やはりそっとしておいてやるのが、徳三のためであろう。人生の最後を、夢路の墓守として過ごそうとした徳三の気持ちを思えば、かの地を安住の地としてやりたい。

太田勘十郎がやって来た。

「これへ」

剣一郎は勘十郎を招いた。

「失礼いたします」

勘十郎はそばにやって来た。

「平四郎が張り切り過ぎているとのことだが」

剣一郎は切り出した。

「はい。じつは、深川の三十三間堂裏に浪人者が集まる呑み屋があることを突き止め、平四郎は毎晩、そこに町人の格好をして出向いているのです。平四郎が目をつけている浪人が現れるかもしれないと睨《にら》んでのことです。でも、万が一、同心だと気づかれたら、身に危険があるやもしれぬと」

勘十郎は心配して言った。

「平四郎はなんとか手柄を立てようと張り切っているのだろうが、確かに無茶だな」

剣一郎は苦笑した。

だが、その笑みをすぐに引っ込めた。どのような浪人たちが集まっているかわからないが、他にも脛《すね》に傷を持つ者もいよう。そういった者たちも、同心だと気づいたらどんな早合点《はやがてん》をするやもしれぬ。

「あいわかった。平四郎に注意をしておこう」

「はっ。よろしくお願いいたします」

「付け火と押込みの件は、やはり例の浪人に間違いないのか」

剣一郎は確かめた。

「はい。火事が起きた直後、現場近くで、ふたりの浪人が目撃されております。平四郎によりますと、ふたりの特徴は以前に騒ぎを起こした浪人にそっくりだということでした。ただ、それだけでは、ふたりの仕業だと決めつけられないので、平四郎も無茶をしてでも証拠を見つけようとしているのです」

「ごくろうだが、これからも平四郎の指導を頼む」

「はっ」

勘十郎が去ってから、剣一郎は表情を曇らせた。

自分を定町廻りに推挙してくれた剣一郎の期待に応えようと、平四郎は必要以上に張り切っているようだ。

勘十郎の言うように、無理をしているところがあるかもしれない。平四郎に忠言をする前に、三十三間堂裏に行ってみようと思った。

ふと、入口にひと影が射した。誰か近づいて来るのが目の端に入った。勘十郎が言い忘れたことに気づいて、またやって来たのかと思った。

が、遠慮のない歩き方は、勘十郎のものではない。

顔を向けた。橋尾左門だった。

「よろしいか」

「どうぞ」

屋敷で会うときの左門とまるで別人である。厳めしい表情のまま、腰を下ろした。

「きょうは切り放した囚人たちの戻りの期限だ。峰吉のことが気になるのだ。ゆうべは押し込まなかったそうだが、もしまだ仕返しを諦めていなければ、このまま姿を晦《くら》ます可能性がある」

珍しく、左門が峰吉という男に肩入れをしていた。

そもそも京之進が峰吉に同情的だったのだ。そのことを、左門に伝えたのは剣一郎である。左門もまた、詮議所で峰吉を見て、なんとかしてやりたいと思ったのであろう。

だが、左門はそれだけではないと言った。

「あの男は、あくまでも乱心ではないと言った。そして、ふたりを殺せなかったことが悔しいと喚いた。切り放しになったことは、峰吉にとって新たな機会が生まれたことになるのだ。あの男は、必ず音次郎とおちかを狙うはずだ。あの男の生きる目標が、ふたりを殺すことになっている」

左門はやりきれないように、

「ばかな奴だ」

と、付け加えた。

左門の危惧《きぐ》は的外れではないと思った。峰吉という男に会ったことはないが、根が真面目すぎたのだろう。かつて、ひとに裏切られたこともなかったであろう。こつこっと真面目にやって行けば、必ず小さな仕合わせが摑める。そう信じ、おちかとの新しい暮らしのためにがむしゃらに働いて来た。

それが、金の力ですべてが一変した。裏切られた無念さは、そう簡単に癒《い》えるものではないだろう。

「京之進に伝えてくれ。峰吉に復讐をさせてはならぬとな」

「わかった。伝えておく」

言いたいことだけ言って、左門は引き上げた。

左門は復讐の鬼と化したかのような峰吉を非難していたが、ほんとうは峰吉を心配しているのだと思った。

剣一郎は夕方七つ（午後四時）に奉行所を出て八丁堀の屋敷に帰ると、すぐに着流しになって編笠をかぶり、再び玄関を出た。

門を出ようとして、志乃に出会った。

「義父さま。お出かけでいらっしゃいますか」

初々しい若妻の色香を漂わせている志乃を眩《まぶ》しく見て、

「どこかへ行って来たのか」

「はい。るいさまと小間物屋さんに」

遅れてるいが帰って来た。

「父上。またお出かけでございますか」

「ふたりは仲がよいの」

剣一郎は目を細めていう。ふたりは、まるで実の姉妹のようだった。

「父上、お早いお帰りを」

るいと志乃に見送られ、剣一郎は外に出た。


西陽を背中に受けながら、編笠をかぶった剣一郎は両国橋を渡った。夕方になり、橋の上を行き交う人びとの足どりもせわしない。

三十三間堂裏に行くにはまだ早いので、橋を渡ると、剣一郎は回向院に向かった。そろそろ、回向院境内に囚人たちが立ち戻らねばならぬ刻限を迎えるのだ。

回向院境内に入る。広い境内の片隅に、囚人たちの姿があった。牢屋同心たちが、囚人たちの点呼をとっている。

京之進の姿があったので、剣一郎は近づいた。

「青柳さま」

京之進も気づいて駆け寄った。

「峰吉は戻って来たか」

「いえ、まだです」

京之進がいらだったように言う。

また、新たに囚人がひとり、親戚の者らしい男女に付き添われてやって来た。囚人の男は途中で男女に頭を下げ、牢屋同心のもとへとやって来た。

そのあとも立て続けに、囚人が単身で戻って来た。

だが、峰吉ではなかった。

「遅いですね」

京之進が焦れたように言う。

「いや、もう少し時間はある」

剣一郎は暗くなりだした空を見上げた。

そのとき、京之進が裏口のほうに目をやって声を上げた。

「来ました」

剣一郎はそのほうに目をやった。

若い男が年寄りに連れられてやって来た。その年寄りを見て、剣一郎は心中で呟いた。

（徳三……）

若い男が峰吉のようだ。

途中、徳三が立ち止まった。峰吉は徳三に何度も頭を下げて、牢屋同心が待ち構えるほうに歩きだした。

徳三は峰吉を見送っている。峰吉は途中、振り返り、徳三に頭を下げた。そして、再び、牢屋同心のほうに進み出したときだった。

いつ現れたのか、着流しの男が峰吉に近づいた。剣一郎はおやっと思った。男の動きが急に速くなったのだ。

男と峰吉がぶつかった。男はそのまま本堂のほうに走った。峰吉の足の動きがおかしくなった。

やがて、峰吉は数歩よろけてから腹を押さえたまま前のめりに倒れた。

峰吉が刺されたのだとわかった。剣一郎が走った。と、同時に、徳三が峰吉に向かって走った。京之進は逃げた男を追った。

すでに、境内は夕闇に包まれていた。

第三章　刻限破り

一

二日後の朝、剣一郎は年寄同心詰所に赴《おもむ》いた。

すでに、定町廻り同心の植村京之進と只野平四郎、臨時廻り同心の太田勘十郎らが集まっていた。

最後に宇野清左衛門がやって来て全員が揃い、剣一郎は清左衛門に目顔で促《うなが》した。

清左衛門は咳払《せきばら》いをしたあと、おもむろに口を開いた。

「このたびの火事の復旧、復興作業はまだはじまったばかりであるが、この火事に幾つかの事件が絡んでいる。まず、今回の火事は付け火であることが判明した。池之端仲町にある『玉雲堂』に押し込む目的で近くの稲荷社の塀に火を付けたものと思われる。火事の混乱に乗じて賊は『玉雲堂』に押し入り、番頭を殺して三十両の入った銭函を奪って逃走したものと見られている」

清左衛門は一同を見回してから、

「さて、この火事により小伝馬町牢屋敷の囚人は切り放しになった。ところが、峰吉という男が回向院境内に帰って来たとき、いきなり現れた遊び人ふうの男に腹を刺された。下手人はそのまま逃亡。最後に、押込みで盗みと殺しを犯した吉松という男が刻限を過ぎても帰らず、逃亡したものと思われる」

事件の経緯を説明したあと、もう一度皆の顔に目をやってから、

「この三件の探索に、青柳どのに加わっていただくことにした。青柳どのから何か」

清左衛門が剣一郎に目を向けた。

軽く頭を下げ、剣一郎は一同に顔を向けた。

「いま、宇野さまからのお話にあったように、あれだけの大火を引き起こした付け火の犯人は一刻も早く捕らえねばならぬ。また、ひとを殺めた吉松という男が逃亡しているのは由々しきこと。捕まれば死罪であり、自暴自棄《じぼうじき》から何をするかもわからぬ。これについても、早急に捕まえなければならぬ」

剣一郎は間をとってから、

「そこで、互いに情報を共有した上で探索を進めることが必要と考え、集まっていただいた」

と、招集の目的を告げた。

「それでは、まず、最初に付け火と押込みの件を聞かせていただこう」

剣一郎は只野平四郎を促した。

「はっ」

平四郎は緊張しながら話した。

「出火時刻、火元になった稲荷社の近くで、ふたりの浪人が目撃されておりました。ひとりは顎《あご》の長い痩せた浪人、もうひとりは髭もじゃでげじげじ眉毛《まゆげ》の大柄な浪人。さらに、押込みのあった『玉雲堂』の手代が逃げる際に、手拭いで面体《めんてい》を隠した侍が店に入って行くのを見ていました」

平四郎は生唾を呑み込んで続けた。

「このふたりの浪人は、じつは私が風烈廻りで見廻りのとき、『玉雲堂』の前で番頭に因縁《いんねん》を吹っ掛けていた浪人に人相がそっくりでした。そのとき、浪人は深川の三十三間堂の近くに住んでいると答えていたのを思い出し、いまはその周辺を当たって浪人者の発見に努めております。三十三間堂裏に、浪人がよく集まる居酒屋があり、そこにもふたりの特徴にそっくりな浪人がときたま顔を出していることがわかりました。いま、毎晩、そこに顔を出し、ふたりが来るのを待ち伏せしているところです」

「浪人が多く集まる居酒屋に不用意に顔を出し、大事ないか」

剣一郎は口をはさんだ。

「はい。町人の姿に身を変え、八丁堀の者と気づかれぬようにしております」

町人と武士とでは髷《まげ》の形が違うが、八丁堀の与力・同心は髷を小銀杏《こいちょう》にし、武士とも町人ともいえるような髪形にしていた。

だが、平四郎の顔を見知っている者が現れないとも限らない。太田勘十郎が心配しているのはそのことだ。だが、平四郎はいっこうに意に介さないようだった。

勘十郎の苦笑した顔が目に入った。

「平四郎。十分に注意をして探索を進めるように。決して無茶をするな」

「はっ」

続いて、京之進が峰吉について話した。

「峰吉は『大津屋』の若旦那の嫁おちかの許嫁《いいなずけ》だったと主張し、自分を裏切ったおちかに復讐をするという思いに凝《こ》り固まっており、切り放しになっていた間は、用心をし、私も『大津屋』の警戒に当たっておりました。しかし、幸いなことに峰吉は現れませんでした。ところが、三日目の立ち返りの刻限間際に回向院境内に戻って来た峰吉が、いきなり飛び出して来た男に腹を刺されました」

京之進は悔しそうに眉根を寄せ、

「ただちに、男を追いかけましたが、男は参拝客でごった返している参道に入り込み、人ごみに紛れて逃げ果《おお》せてしまいました。下手人を取り逃がしたこと、誠に残念にございます」

「なぜ、峰吉が刺されたのか、その理由に想像がつくのか」

剣一郎はきく。

「いえ、まだわかりません。峰吉はもともと善良な男であり、ひとから恨まれるような人間ではありません。ただ、峰吉に好意を持っていないのは、当然、狙われている『大津屋』の人間でございます。きのう、『大津屋』に行き、大旦那や音次郎、おちかに話を聞いて来ましたが、峰吉のことはまったく知らないと答えておりました」

『大津屋』の者が殺し屋を雇った可能性は否定出来ない。無事に刻限まで戻れば、罪一等を減じられる。場合によっては追放で済むかもしれない。そうなると、いつまでも峰吉に付け狙われる。それならば、いっそ殺してしまおうと考えたのかもしれない。

回向院で待っていれば、必ず峰吉はやって来る。そう思ったかもしれない。だが、と剣一郎は迷った。

峰吉がほんとうに復讐をする気なら、そのまま自由の身を選ぶのではないか。復讐が済んだら自分も死ぬつもりなのだ。

だとしたら、せっかく転がり込んだ自由の身を有効に使おうとするのではないか。つまり、峰吉が戻って来たのは復讐の気持ちを捨てたからではないのか。

いや、たとえ峰吉の考えがそうだったとしても、『大津屋』のほうがどう考えたか、わからない。

それより、徳三だ。回向院境内に戻って来た峰吉に、なぜ徳三が付き添って来たのか。遠目だったのと、峰吉の方に気を取られていたので、京之進は付き添いの年寄りが徳三だとは気づかなかったようだ。

峰吉が刺されたあと、徳三はそばに駆け寄ろうとしたが、先に剣一郎たちが駆けつけていたので、そばに寄ることが出来ず、近くで心配そうに様子を窺っていた。

徳三のことを、剣一郎はまだ誰にもいえなかった。

最後に、吉松のことについての報告も、京之進が行なった。

「吉松は、相生町《あいおいちょう》一丁目にある『双子屋《そうし》』という質屋に押し入り、主人と番頭を殺し、五十両を奪いました。押込みから十日後に、吉松は自首して来たのです。ただし、五十両の金は借金の返済に当ててしまって一銭も残っていませんでした」

京之進は息継ぎをして続けた。

「吉松は自首してきただけあって、吟味においても素直に罪を認め、まことに殊勝な態度だったということです。つまり、観念し、死罪になる覚悟が出来ていたものと思えます。しかしながら、約束の刻限までに回向院に戻れば、罪一等が軽くなるのに、なぜ、戻らなかったのか、理解に苦しみます」

京之進は腹立たしいように顔をしかめた。そして、深呼吸をして、続けた。

「吉松の行方はいまだにわかりません。仲間のところにも顔を出していません。もっとも、吉松を匿《かくま》うような親しい仲間はいないようです。吉松には、姉がおりました。姉の話では、切り放しのあと、いったん顔を出したが、そのままどこかへ行ってしまったということです。このことも解せないことではあります。というのも、事件を起こす半年前から、吉松は姉夫婦の家の二階に居候《いそうろう》をしていました。その家以外に、吉松が頼るところがあったことが不可解なのでございます」

「なるほど。妙だな」

宇野清左衛門が小首を傾げる。

「それより、もっと妙なことがございます」

と、京之進は剣一郎に訴えるように言った。

「牢屋同心から聞いたところによると、牢内で吉松と峰吉はいつもいっしょにいたそうです。切り放しのあとも、ふたりはいっしょに逃げたと……。他の囚人も、そう証言しております」

「吉松と峰吉がいっしょだというのか」

清左衛門が驚いたように口をはさんだ。

「はい」

いっしょに逃げたふたりのうち、ひとりが刺され、もうひとりがそのまま逃亡。何かあったことは間違いない。

それから、今後の方針を話し合ったが、もう少し探索が進んでからでないといまの段階では新しい手を打つまでには至らなかった。

打ち合わせが終わったあと、剣一郎は平四郎に声をかけた。

「こんやも、三十三間堂裏の居酒屋に潜り込むつもりか」

「はい。あの浪人をどうしても見つけ出したいのです」

「相手は大金を手にしているなら、もっといいところで呑むのではないか。そうだとすると、居酒屋で待ち構えていても無駄だと思うが?」

「事件後、すぐに変わったことをすれば、怪しまれる。ですから、普段と同じ行動をとるのではないかと考えたのですが」

「確かに、そういう考えもあろう。だが、人間、持ちつけない金を持つと、気が大きくなるものだ。深川だったら、仲町辺りの高級な料理屋で呑もうとするのが人情。そのことも、頭に入れておくように」

「はい。肝《きも》に銘《めい》じておきます」

素直に返事をし、平四郎は去って行った。

「平四郎は張り切っていますね」

京之進が近づいて来て声をかけた。

「うむ。一生懸命だ。京之進も定町廻りになりたての頃を思い出すだろう」

「はい。平四郎の張り切る気持ちがよくわかります」

京之進は微苦笑した。

「峰吉と吉松がいっしょに逃げたということが気になる。吉松の姉に会ってみたいのだが、今度行くとき、私も連れて行って欲しい」

剣一郎は気になっていることは確かめておきたかった。

「では、これからでもご案内いたします」

「そうか。私はいったん屋敷に戻って着替えてから行く。そうだ、峰吉の様子も気になる。まず、川元朴善《かわもとぼくぜん》のところで落ち合おう」

「わかりました」

出仕するとき、供の中に挟箱《はさみばこ》持ちがいる。その挟箱の中には、熨斗目《のしめ》、紋付き、馬上袴、脚絆《きやはん》、紋付帷子《かたびら》、紋付黒羽織、白足袋《しろたび》、紺足袋などが入っており、急用の場合にすぐ対応出来るように、予《あらかじ》め用途に応じた衣服を用意してある。だから、いちいち屋敷に着替えに戻る必要はないのだが、剣一郎は特命を受けたときは着流しに編笠という八丁堀与力とはわからない服装で歩き回る。

その衣服は挟箱にはいれていなかった。奉行所で、そのような格好に変わることを避けたかったからだ。

それから半刻（一時間）後。剣一郎は回向院裏にある町医者川元朴善の診療所にいた。

植村京之進も来ていた。家の周囲を町方が警戒している。臥《ふ》している峰吉が逃亡する心配はなかったが、いちおう峰吉は咎人《とがにん》なのだ。

峰吉は眠っていたが、荒い呼吸をしていた。

「苦しそうだな」

剣一郎は痛ましげに言う。

回向院境内で刺されたあと、峰吉は急遽《きゅうきょ》ここに運び込まれたのだ。腹を刺され、傷は腸まで達していて、極めて危険な状態にあった。

川元朴善の素早い処置のおかげで、峰吉は小康状態を保っていたが、意識はなく、体を動かすわけにはいかなかった。

剣一郎と京之進は峰吉の様子を見たあと、朴善のところに行き、峰吉の容体を聞いた。

「まだ、危険な状態であることに変わりはございません」

朴善は小さな丸い目を向けて言った。

「高熱が続いております。ここ二、三日が山でございます」

「なにとぞ、頼む」

死なせてはならないという思いを込めて言い、剣一郎は京之進といっしょに外に出た。

「では、これから吉松の姉のところに」

「うむ。案内してくれ」

「はい。姉はお元といい、二十六歳。朝次郎という亭主がいます。近くで呑み屋をやっていますが、朝次郎はあまり店には出ないようです」

「住まいは？」

「南六間堀町です」

「亭主の朝次郎はどんな人間だ？」

「遊び人です。博打《ばくち》打ちというところでしょうか」

「姉と亭主が、吉松を匿っていることはあるまいな」

剣一郎は念のために確かめた。

「もし、匿って吉松が立ち返りの刻限に戻らなければ、姉や亭主にも累《るい》が及びますから、そこまでしないと思いますが」

「そうだの」

本人が戻るのをいやがっても、親戚縁者は無理やりにでも回向院に連れて行くのがふつうだ。

竪川を渡り、弥勒寺の前を通って、北森下町を過ぎて右に折れた。六間堀に突き当たって、今度は左に折れた。

剣一郎が行こうと思ったのは、徳三と峰吉の関係が気になったからだ。吉松と峰吉がいっしょに行動しているとなれば、吉松の姉が何か知っているかもしれない。そんな微《かす》かな期待があった。

付け火による火事から四日経ち、下谷から神田、日本橋などは復興に向けて動き出している。

夜の出火だったら、犠牲者はたくさん出ただろうが、昼間だったせいか、死者は少なく済んだ。だが、何人ものひとの命が奪われたのだから、付け火をした者は絶対に許してはならない。

平四郎の探索に手を貸してやりたいが、思わぬ峰吉の事件が起きたため、剣一郎はすぐに駆けつけてやれなかった。

「あそこです」

吉松の姉のお元の家にやって来た。二階建ての長屋である。

京之進が戸を開けて、中に呼びかけた。

すぐに、年増の女が出て来た。少し崩れた感じの色っぽい女だ。

「また、邪魔をする」

京之進は二度目らしい。

「これは、旦那。ごくろうさまです」

そう答えながら、剣一郎のほうを気にした。

「ひょっとして、青柳さまではありませぬか」

お元が剣一郎の左頰の青痣を目敏《めざと》く見つめた。

「さよう」

剣一郎は編笠をとった。

「まだ、吉松から何か言って来ないか」

京之進が確かめるようにきく。

「申し訳ございません。まだ、何も」

お元は表情を曇らせ、

「現れたら必ず、お知らせいたします」

「うむ」

京之進が頷く。

「峰吉という男を知らないか」

剣一郎が口をはさんだ。

「峰吉さんですか。いえ」

「切り放しのあと、吉松は峰吉と行動を共にしているようだ」

「そうですか。申し訳ございません。吉松はただちらっと顔を出しただけで、すぐ逃げるように去ってしまいました。ですから、連れがあったとは気がつきませんでした。たったひとりの弟です。顔を見たら、必ず回向院に帰るように勧めたのに、それが出来ずに残念です」

　お元は悔しそうに言う。

「吉松がここ以外に訪れる場所に心当たりはないか」

「いえ、ありません」

「女はどうだ？　吉松に言い交わした女はいたのか」

「いえ、いなかったと思いますが……」

「亭主の朝次郎はいるのか」

　京之進がきく。

「はい、おりますが」

「ちょっと呼んでもらおう」

「少々、お待ちを」

　お元は立ち上がって梯子段《はしごだん》を上がった。

　やがて、二階から苦み走った顔の男が下りて来た。

「これは旦那。ごくろうさまです。このたびは、義弟の吉松がお手を煩わせ、申し訳なく思っております」

京之進に言い、剣一郎にも頭を下げ、お元と並んで座った。

「そのほうも、吉松の行方を知らないんだな」

京之進がきいた。

「へい。きのうも親分さんにきかれましたが、私はいっこうに知りません」

「吉松に女はいなかったのか」

女のことなら、姉より同じ男のほうが知っているだろうと思い、京之進は亭主を呼んだのだ。

「へえ。なじみの女はいなかったはずです」

剣一郎は、朝次郎の体から身構えるような固さを感じた。何から、身を守ろうとしているのか。

「峰吉という男を知っているか」

剣一郎は朝次郎にも、峰吉のことを訊ねた。

「いえ」

微かに、目が泳いだような気がした。だが、動揺ととっていいかわからない。

「吉松は、質屋に押し込み、主人と番頭を殺めたということだが、なぜ、そんな真似をしたのか」

剣一郎は朝次郎の目を見つめてきく。

「金が欲しかったんだと思います」

「何のためにだ？」

「………」

「若い男なら、女か博打か。女ではないとすると、博打か。吉松は博打をするのか」

「いえ、博打はしません」

「女でもない、博打でもない。では、何のために質屋に押し入ったのだ？」

「そのあたりのことは、よくわかりません」

吟味でも、このあたりのことは曖昧《あいまい》になっていたようだ。

「吉松に借金があったというが、知っているか」

「いえ」

「何がもとで、吉松は借金を作ったのだ？」

「いえ、わかりません」

朝次郎もお元も言う。

「そなたたちは、吉松から借金を申し込まれたことがあるか」

「いえ、ありません」

朝次郎は額に汗をかいていた。

「それから、吉松は自首したそうだが、そなたたちが自首を勧めたのか」

「はい。押込みを告白されて、すぐに自首を勧めました」

お元が少し胸を張って答えた。

「吉松はすぐに応じたのか」

「はい。素直に……」

お元は吉松のことを心配しているように思えなかった。やはり、吉松がいま、元気でいることを知っているからではないのか。

「しかし、事件を起こしたときはそなたたちに相談しているのに、どうして今回は、そなたたちを頼って来なかったのだろうか」

剣一郎はふたりの顔を鋭く見る。

「そのことが、私も不思議でなりません。たったひとりの姉なんですから、頼って来てもいいはずなのですが」

お元は悲しそうな表情で言う。

「吉松は捕まる以前は、どこに住んでいたのだ?」

「ここの二階です」

「二階に居候をしていたのか」

「はい」

「それなのに、なぜ、ここを頼って来なかったのか」

「わかりません」

朝次郎とお元は首を傾げた。

外に出てから、

「ふたりの話は要領を得ない。何か隠しているようだ」

と、剣一郎は疑いを口にした。

「吉松を匿っているのでしょうか」

京之進も同じ思いだったようだ。

「その可能性がある。しかし、逆の場合もある。吉松が勝手に刻限を破ってしまった。累が及ぶのを恐れて、知らぬ存ぜぬで通そうとしているのかもしれない」

吉松がいっしょにいた場合、回向院境内に刻限までに吉松を帰さなければ、朝次郎とお元も罪になるのだ。

だから、吉松のことを知らないということで押し通そうとしているとも考えられる。

「念のためだ。お元がやっている呑み屋に行ってみよう」

「はい」

その呑み屋は、常磐町《ときわちょう》一丁目にあった。

間口が狭いが、奥行きのある店だ。まだ、暖簾《のれん》はかかっていない。中年の板前が仕込みをし、小女《こおんな》が掃除をしていた。

夕闇が迫って来る頃で、そろそろ暖簾を出す頃かもしれない。

京之進が店に入って行った。剣一郎は戸口で待った。

小女が緊張した顔で見ている。

「ちょっと、ききたいことがある」

京之進が小女に声をかけた。

「はい」

「ここに、女将《おかみ》さんの弟で、吉松という者が現れなかったか」

「いえ、見えません」

小女が答えると、板前が出て来た。

「旦那。吉松さんなら見ていません」

「女将から、吉松の話は出たか」

「いえ、何も」

ふたりに嘘はなさそうだった。

「邪魔をしたな」

京之進は店を出た。

「吉松と峰吉の目撃者がいないか、この付近の聞き込みを続けよ。どうも、お元のところから遠くに行っていないような気がする」

「わかりました」

「それと、吉松の仲間をもう一度当たってみたほうがいいかもしれぬな」

剣一郎は思いついて言った。

徐々に、夕闇が迫っていた。

京之進と別れ、剣一郎は小名木川にかかる高橋を渡り、さらに仙台堀を越え、富ケ《とみが》岡八幡宮《おかはちまんぐう》の東側にある三十三間堂の前にやって来た。

例の居酒屋は三十三間堂の裏手にあるというが、そこにふたりの浪人者がやって来るとしたら、この近所に住んでいるのであろう。

もし、あの浪人たちが押込みをしたのなら大金を手にしたのだ。金があるうちは、居酒屋あたりで酒を呷《あお》ってはいまい。

仲町辺りの名高い料理屋で豪遊をするのではないか。いずれにしろ、もう、あの浪人たちはここにはいないだろう。

剣一郎はそう思い、その場を離れた。暗くなり、八幡鐘が暮六つ（午後六時）を告げていた。

二

荷足船《にたりぶね》が行き過ぎ、小名木川にさざ波が立ち、川面に映る月影が揺れた。

川の両側に大名の下屋敷が続く一帯を抜けて、剣一郎は海辺大工町に入って来た。そして、まっすぐ行商長屋に向かう。

徳三の住まいはすでにわかっている。まっすぐ長屋の路地を進み、徳三の住まいの前に立った。

中に明かりが灯っている。剣一郎は戸を開けて、声をかけた。

「邪魔をする」

「へい、どちらさまで」

年寄りの声がした。

剣一郎は編笠をとって、土間に入った。

「これは青柳さまで」

茶碗と箸と小鉢を片づけ、徳三は畏まった。

「夕餉《ゆうげ》の最中だったか」

「いえ、もう済みました」

剣一郎は大刀を外し、上がり框《がまち》に腰を下ろした。

「私が訪ねた理由はわかっているのではないか」

旗田蔦三郎だったかもしれない男に対して、無意識のうちに敬意を払うような気持ちになっていた。

「いえ」

徳三は否定した。

「なに、わからぬと申すのか」

剣一郎はわざと大仰にきき返した。

「峰吉のことだ」

「はて、誰のことでありましょうや」

徳三は小首を傾げた。

「徳三。とぼけるのか。そなたは、二日前の夕刻、峰吉に付き添い、回向院境内にやって来た。間違いあるまい」

「ああ、あのことでございますか。あの男が峰吉さんと仰《おつしや》るのですか」

「それはどういうことだ?」

剣一郎は不思議そうにきいた。

「あのとき、私はたまたま回向院にお参りに行こうとしておりました。その途中で、こんな年寄りですから石ころに躓《つまず》き、転びそうになったのでございます。そこを、あの若者が助けてくれました。聞けば、火事で切り放しになり、約束の刻限なので帰るところだということでした。では、近くまでごいっしょしましょうということになって、境内までごいっしょしたのでございます。まさか、あの若者があんな目に遭うとは……」

徳三は悲しげに俯《うつむ》いた。

心の内で、剣一郎はまたもなぜだと叫んだ。

「青柳さま。あの若者の容体はいかがでありましょうか」

徳三は真剣な眼差しを向けた。

「この二、三日が山だそうだ」

「さようでございますか」

徳三は目をしょぼつかせ、

「いったい、誰があんなひどいことを……」

と、皺が浮いた顔をしかめた。

なぜ、とぼけるのだと追及しても、徳三はほんとうのことを言わないだろう。剣一郎はそれ以上の問いかけを諦めた。

「徳三。そなたは峰吉を刺した男を見ていたか」

「いえ、不覚でございました。まったく、気がつきませんでした。男が峰吉ってひとに近づいたのには何の疑いも持ちませんでした」

「そうか。無理もない。私も、まったく予想していなかった」

剣一郎も無念そうに言った。

「そなたは、ただの年寄りとは思えぬが、若い頃は何をしていたのだ?」

「恐れ入ります。私は、信州のほうの造り酒屋の二代目でしたが、道楽の果てに店を潰してしまいました。博打でございます。それから、やくざな世界に足を突っ込み、己のばかさ加減にようやく気づいたのが、歳をとってから。屑《くず》のような人間でございます」

旗田蔦三郎ではないのか。その言葉が喉元まで出かかったが、ようやくの思いで喉の奥に押し戻し、

「いや。人間というのは、そのような失敗があってこそ、深みが増すというもの」

「買いかぶりでございます」

徳三は俯いて言う。

「いや。過去の失敗を乗り越えた人間の持つ清々《すがすが》しさを感じる。そなたとは、また語り合いたい。迷惑か」

「滅相《めっそう》もない。いまを時めく青痣与力にそのようなお言葉をいただいて恐縮にございます。こんな年寄りでよろしければいつでも……」

「そうか。ならば、たまにここに顔を出させていただく」

「へい」

「邪魔をした」

剣一郎が立ち上がったとき、

「あっ、青柳さま」

と、ふと思い出したように徳三が呼び止めた。

「何か」

「このたびの火事、付け火であったという噂を耳にしました。誠でございますか」

「うむ。そのとおりだ」

「火元は池之端仲町だと聞きましたが？」

徳三は不安そうな目をした。

「そうだ。稲荷社の塀に火が付けられた。出火後、『玉雲堂』に賊が押し入り、番頭を殺して金を奪って逃げた。押し入ったのは手拭いで面体を隠した浪人がふたり」

「…………」

「こんなことを耳に入れてよいかわからぬが、その浪人は先日、騒ぎを起こした者たちと思える」

「やはり、そうですか」

徳三は目を剝《む》いた。

「意趣返しのつもりもあったのか……。殺された番頭は、浪人に因縁を吹っ掛けられていた、あのときの番頭だ」

「なんと酷《むご》い」

徳三が唇を嚙んだ。

「まだ、捕まっちゃいないんですか」

「まだだ。だが、必ずとっ捕まえる」

剣一郎は腰高障子を開けて外に出た。

再び、小名木川に出て、大川に向かった。

峰吉の件で、徳三は嘘をついている。境内で見送るとき、徳三は峰吉の腕をぽんと叩いたのだ。少し前に知り合っただけの関係とは違う、もっと奥深いつながりを感じた。

つまり、切り放しになってから、峰吉は徳三のところで過ごした可能性がある。だとしたら、徳三と峰吉はいつからの知り合いなのか。

翌日、剣一郎は南小田原町一丁目の伊右衛門店を訪ねた。

長屋の住人に、剣一郎は編笠をかぶったままきいた。

「ここに年寄りの羅宇屋がやって来るか」

すると、長屋の女房が、

「ここにやって来るのは、中年の羅宇屋ですよ」

と、答えた。

切り放しのあと、峰吉はここには戻っていない。そのことは、京之進が確かめていた。

もうひとりの女房も同じことを言っていたので、間違いはあるまい。

それだけを確かめて、剣一郎は長屋をあとにした。いまは、おちかのふた親も、この長屋を出て、いい暮らしをしているようだ。

金のために裏切ったと憤慨した峰吉の気持ちもわかるが、ふた親にいい暮らしをさせ、自分も裕福な暮らしを求めた気持ちもわからなくはない。ただ、おちかが逃げるように峰吉の前から姿を消したのは大きな間違いだったのだ。

やはり、おちかには金に転んだという負い目があったのだろう。

そのことはさておき、徳三は峰吉の長屋には現れていない。だからといって、ふたりに接点がなかったとは言い切れない。

峰吉は棒手振《ぼてふ》りの行商に出ているのだ。その出先で徳三と知り合った可能性もある。

剣一郎は鉄砲洲から霊岸島を通って永代橋を渡った。

向かうのは徳三の住む行商長屋である。

小名木川沿いを東に行き、海辺大工町の行商長屋にやって来た。

念のために、徳三の住まいを訪ねたが、やはり出かけていて留守だった。両隣の家も仕事で出払っている可能性があった。

しかし、左隣の家は留守だったが、右隣には足に包帯を巻いた中年の男がいた。鋳《い》掛《か》け屋の重吉《じゅうきち》と名乗った。大八車とぶつかり、足をくじいたという。

「とんだ災難であったな。治療代は出してもらえたのか」

「最初はなんだかんだと言ってこっちが悪いようなことを言っていたんですが、徳三さんが掛け合ってくれて、出してもらうことになりました」

「なに、徳三が?」

「へえ。あのひとには皆、厄介になっています」

「面倒見がいいのだな」

「へい。困っている人間を見ると、黙っていられないみたいです」

「なるほど」

だから、峰吉にも手を差し伸べたのであろう。

「徳三のところに最近、客はいなかったか」

「客ですかえ。そういえば、ひと晩だけ、誰か来ていたようでした」

重吉が思い出したように言う。

「ひと晩だけ？ それはいつだ？」

「えっと、四日か五日前です。そうそう、五日前の夜にひと声がしていました。次の日の夕方に出て行ったみたいです」

「話し声は聞こえなかったのだな」

「ええ、内容まではわかりません」

「客の顔は見たか」

「いえ」

「そうか。わかった。足をしっかり養生せよ」

そう声を掛け、剣一郎は外に出た。

小名木川沿いを大川に向かう。

おそらく、客というのは峰吉だったのに違いない。しかし、そうだとしたら、峰吉は切り放しされた夜はどこに泊まったのか。

吉松といっしょだった可能性がある。最初の夜は吉松といっしょで、次の日にそれぞれ別々に行動したのだろうか。

峰吉と吉松、峰吉と徳三。どのような結びつきがあったのか。

万年橋を渡ったとき、新大橋《しんおお》をから下りて来た平四郎と岡っ引きとにばったり出会った。平四郎は巻羽織に着流しの同心の姿に戻っていた。

平四郎は編笠の剣一郎に気づかず、そのまますれ違おうとした。

「平四郎」

すれ違いざまに、剣一郎は声をかけた。

びっくりして、平四郎は立ち止まった。編笠を心持ち上げる。

「あっ、青柳さま。どうして、ここへ？」

「切り放しの囚人が刺された件でこっちへ来たのだ。急いでいるようだが、何かあったのか」

「じつは、久助《きゅうすけ》が、浪人の手掛かりを摑んだんです」

そばにいた岡っ引きが頭を下げた。三十前後の色の浅黒い男だ。

「久助というのか」

剣一郎はきいた。

「へい。久助でございます」

久助は平四郎が手札を与えた岡っ引きだ。

「よく平四郎を助けてくれ」

「へい、及ばずながら精一杯務めさせていただきます」

久助は実直そうに答えた。

「で、浪人の手掛かりというのは？」

剣一郎は久助にきいた。

「はい。きょう、仲町の古着屋に入ったら、そこの亭主が気の利いた袴と着物を買い求めた浪人がいたと話したんです。それは事件の二日後のことです。その浪人の財布はかなり重そうだったと」

「仲町の古着屋か」

仲町の料理屋か遊女屋で遊ぶかと思ったが、どうやら場所が違うのかもしれない。同じ町内の古着屋で手に入れた衣服で座敷に上がるのは避けたいのではないか。

「で、その浪人の住まいがわかったのか」

「はい。その古着屋の番頭が、その浪人を亀久町《かめひさちよう》の長屋で見かけたことがあるということでした。で、これから、亀久町に」

平四郎が口をはさんだ。

「よし。私も行こう」

「はい」

「しかし、古着屋とはいいところに目をつけたな」

剣一郎は久助を讃えた。

「いえ、平四郎の旦那のご指示で、古着屋を当たっていたんです」

「そうか。平四郎の考えか」

剣一郎は平四郎をたくましく思った。

「いえ、ただ、あのときの浪人の身なりがあまりにもみすぼらしかったので、金が入ったら身なりから整えるかもしれないと気づいたのです」

仙台堀に出て、堀沿いを亀久町に向かう。

「三十三間堂裏の居酒屋に、例のふたりは来ていたのか」

剣一郎は歩きながらきく。

「はい。何人かの客が、見たことがあると言ってました。でも、事件後は現れません」

「大金を摑んだのだ。居酒屋辺りではなく、もっと豪勢に遊ぶはずだ」

「はい。仰るとおりでございます」

やがて、仙台堀沿いにある亀久町にやって来た。

久助が長屋木戸の脇にある瀬戸物屋に入って行った。そこが、大家の住まいらしい。

　久助が小柄な年寄りを店先に引っ張りだして来た。

「これは旦那」

　大家は平四郎に頭を下げた。編笠をかぶっているので、青痣与力とは気づかず、剣一郎にはちらっと目を向けただけだった。

「この長屋に浪人が住んでいると思うが？」

　平四郎が口を開いた。

「はい。宅見新十郎《たくみしんじゅうろう》さまです。ですが、もう、ここにはおりません」

「引っ越して行ったのか」

「はい。三日前に」

「どこへ行ったか、わからないか」

「わかりません。立派な身なりになっていたので、どうなすったのですかときいたら、仕官が叶うかもしれないと仰っておいででした」

「仕官……」

　平四郎が剣一郎に顔を向けた。

「宅見新十郎とはどんな人間だったな？」

剣一郎が口をはさんだ。

顔を向けた大家が、あっと声を上げた。

笠の内の顔が見え、青痣に気づいたようだった。

「はい。ちょっと下品なお方でした。浪人暮らしが長かったせいか、人間的にいやしさが滲《にじ》み出ておりました。長屋の者からは、あまり好かれておりませんでした」

「いくつぐらいか」

「三十三歳だったと思います」

「顔の特徴は?」

「顎の長い、痩せたひとです」

「間違いありません。あのときの浪人です」

平四郎が昂奮して、

「宅見新十郎のところに大柄な髭もじゃの浪人は来なかったか。げじげじ眉毛をしているが」

と、きいた。

「武部軍蔵《たけべぐんぞう》ってひとのことですね。よく、遊びに来ていました」

「武部軍蔵はどこに住んでいたか知っているか」

「いえ、わかりません。でも、ここから、そんなに遠く離れていないところだと思いますが」

念のため久助に、宅見新十郎がどこに引っ越して行ったか、長屋の住人に聞き込みをさせた。

久助が戻って来る間に、いくつか大家に訊ねた。

「宅見新十郎はなにをやって生計を立てていたのだ？」

「口入れ屋で仕事をもらっていました。日傭取《ひようと》りとか用心棒とか、なんでもやっていたようです」

「これまで、何か問題を起こしたことはなかったか」

「いえ。あっ」

「何だ？」

「はい。長屋の者が、本所のほうで、宅見さまがある商家の前で、その店の番頭らしきひとと何か揉《も》め事を起こしていたのを見たことがあったそうです」

「そのとき、武部軍蔵もいっしょだったのか」

「はい。そうだったと聞いています」

どうやら、ふたりはゆすり、たかりまがいのことをしていたようだ。

久助が戻って来た。

「誰も、行き先は知りませんでした」

久助は報告したあと、

「ただ、宅見新十郎が本所でゆすりまがいのことをしていたのを見たという住人がおりました……」

久助の話は大家から聞いたこと以上に具体性に満ちていた。

「番頭から懐紙につつんだものをもらったのを見ていたそうです」

「久助。よく、調べた」

剣一郎は久助を讃えた。

大家と別れたあとで、

「宅見新十郎は、もう深川にはいないだろう」

と、剣一郎は言った。

「はい」

平四郎もそう思ったようだ。

「仕官だと言ったのは嘘に違いない。おそらく、どこかの遊女屋で遊ぶつもりではないか。それまで、細かい金を稼いでいたが、今度は大金が手に入り、気が大きくなっているはずだ。吉原か、あるいは根津……」

と、剣一郎は名のある遊廓を口にした。

「わかりました。小者を手配し、その方面を徹底的に探索してみます」

仙台堀にかかる海辺《うみべ》橋の袂で、永代橋に向かう平四郎と久助と別れ、剣一郎は海辺橋を渡った。

回向院裏の川元朴善のところに向かうためだ。峰吉の容体が気になるのだ。

竪川を越え、回向院裏に差しかかったとき、ふと目の前の路地を背中に荷を背負った徳三が横切った。

両国橋の方向に向かった。峰吉の様子を見に来たのではないか。徳三が歩いて来たのは、川元朴善の家の方角だ。

やはり、徳三と峰吉は深いつながりがあるのだと、剣一郎は思った。

三

羅宇屋の姿のまま、徳三は両国橋を渡った。だが、足取りは重たい。

川元朴善の家に行って来たところだった。

峰吉は危険な状態が続いているらしい。たまたま、峰吉が住んでいた長屋の大家藤五郎から話を聞くことが出来たのだ。

峰吉を見舞ったが、相変わらず意識はなく、熱にうかされて、ときどき聞き取れないうわ言を口にしているという。

おちかと音次郎をそのままに、自分だけ死んで行くのはいやだと叫んでいるのかもしれない。

おちかのことが忘れられないのは、おちかにやさしくされた記憶がなまなましく残っているからであろう。相思相愛だったようだ。それなのに、おちかの態度ががらりと変わった。そのことが、峰吉には納得がいかないのだ。

徳三は両国橋を渡ってから米沢町《よねざわちょう》を突っ切った。

北西のほうにはまだ焼け野原が続いているが、この辺りは家が焼け残っていた。これだけの火事を引き起こしたのが、あのときの浪人者と知って、徳三は怒りから体が震えた。

あのときの意趣返しもあったのか。自分がでしゃばった真似をしたことが、後の災《わざわ》いを招いてしまったかと思うと、徳三は五体が引きちぎられるほどの苦痛に呻いた。

出来ることなら、あの浪人を見つけてこらしめたい。そう思いながらも、徳三にはもうひとつやらねばならないことがあるのだ。

浜町堀を越え、伊勢町《いせちょう》河岸から日本橋の大通りに出た。さらに、大通りを突っ切り、お濠端に出て、元数寄屋町に向かった。

なぜ、峰吉を思い通りにさせてやらなかったのか。徳三は自分を責めた。

「おそらく、牢に帰れば、おめえは追放で済むはずだ。おちかのことを忘れるにはかえって江戸を離れたほうがいい。ともかく、生きろ。生きていれば、きっといいこともある。おめえなら出来る」

そう峰吉に言って聞かせ、復讐の愚《おろ》かさを説いたのだ。

だが、こうなってみると、それがよかったのか。峰吉が思ったとおりにやらせてやったほうがよかったのではないか。

峰吉を刺したのは『大津屋』に雇われた殺し屋に違いない。峰吉を土蔵に監禁したのは、峰吉を刻限までに戻らせなければ、死罪になる。そのほうが、『大津屋』にとっては安心だ。

だが、徳三が助け出した。それゆえ、最後の手段として、あのような強引な手段に出たのかもしれない。

土蔵に峰吉を監禁した連中を問いつめ、誰の命令かを聞き出しておくのだったといまになれば思うが、すでに遅かった。

峰吉が連れ込まれた別宅は、元は神田佐久間町にある『三雲屋《みくも》』という骨董屋《こっとう》のものだったらしいが、半年前にその店が潰れ、いまは空き家になっているということだった。

持ち主がわかれば、そこから峰吉を監禁した人間がわかるかと思ったが、そうはいかなかった。

ただ、そこにときたま怪しげな男たちが出入りをしていることもあるらしい。その連中がどこの者か、わからないという近所のひとの話だった。おそらく勝手に入り込んでいるのだろう。

もちろん、『大津屋』との関係を調べてみようと思っている。

やがて、右手に数寄屋橋御門が見えて来た。数寄屋河岸から元数寄屋町二丁目に入り、『大津屋』の前にやって来た。

漆喰の土蔵造りで、瓦《かわら》屋根の上に、看板が立っている。

羅宇屋の年寄りが店の前を横切っても誰にも怪しまれまい。峰吉が生死の境をうろついているいま、監禁をし、さらに峰吉を刺した連中はこの店に出入りはしていまい。

いったん、店の前を行きすぎてから、徳三は引き返した。

再び、店の前を通る。駕籠《かご》が店の横に二丁、止まっていた。

やがて、店から誰かが出て来た。奉公人たちが店先に並んで見送った。

二十七、八歳の色白の男と二十歳前の器量のよい女だ。若旦那の音次郎とおちかだと、すぐにわかった。

ふたりはにこやかな顔で、それぞれ駕籠に乗り込んだ。

峰吉が瀕死の重傷でいることを知っているのだろう。峰吉に襲われる心配がなくなり、堂々と出歩けるようになったのだ。その余裕がふたりの表情にあった。

芝居見物にでも行くのか。それとも、親戚への挨拶廻りか。

徳三は不思議な思いでふたりを見送った。ことに、おちかの楽しそうな笑顔が気にいらない。

かつては、二世を誓いあった仲の峰吉に、何の感情もないのだろうか。

おちかは峰吉と真剣に誓ったはずだ。いまは、そのようなことをすっかり忘れている。そんな女なのだ。峰吉のほうから願い下げしたほうがいい。所詮、峰吉の相手ではなかったのだ。

ただ、何の挨拶もなく峰吉の前から去ったおちかのやり方は気にいらない。その上、峰吉を殺すように仕向けたのが音次郎なりおちかだったとしたら、許せないことだ。

ただ、『大津屋』の仕業《しわざ》だとして、わからないことがある。どうやって、『大津屋』は峰吉の居場所を知ったのか。

海辺大工町の隠れ家は、吉松の義兄の朝次郎が世話をしてくれた場所だ。そこを、どうして、『大津屋』のほうで知ったのか。

考えられることは、火事のとき、すぐに切り放しを予期し、回向院境内に先回りをさせていた。そして、切り放しされた峰吉のあとをつけたということだ。

『大津屋』ほどの大店なら、牢獄に詳しいごろつきを金で自由に使いこなせるかもしれない。峰吉を取り押さえたのは半蔵という遊び人ふうの男だと言っていた。

この男を見つければ、何か摑めるかもしれない。

背中の荷から抜き取った煙管《きせる》を手にし、徳三は店先にいる手代ふうの男に声をかけた。

「恐れ入ります。こちらに、半蔵さんが来ておりませんか」

「半蔵……？」

「へえ、遊び人ふうのひとでございます。煙管をこちらにお届けするように言いつかっておりましたので」

　徳三は嘘をついた。

「ちょっとお待ちなさい」

　相手は年寄りだと思って親切だった。

　番頭らしき男のもとに行き、何か囁《ささや》いた。ふたりの顔がこっちに向いた。

　番頭らしき男が近寄って来た。

「羅宇屋さん。何かの間違いじゃありませんか。半蔵ってひとはここにはおりませんよ」

「そうですか。困りました」

　徳三は目をしょぼつかせた。

「そのひとに、いつ頼まれたんだね」

「はい。三日ほど前です。そこの路地から出て来て、呼び止められました。いったい、どこへ行けば会えるんでしょう」

　わざと途方にくれたように、徳三は首を横に振った。

「とんだ失礼をしました」

　徳三は悄然《しょうぜん》とした姿で、その場から離れた。

しばらくして、手代が追って来た。

「羅宇屋さん」

徳三は立ち止まった。

「はい。何か」

「木挽町《こびきちょう》に半蔵というひとがいるみたいです。あの界隈《かいわい》を探してみてはいかがですか」

「さいですか。これは親切にありがとうございました」

徳三はうれしそうに何度も頭を下げ、去っていく手代の背中にも頭を下げた。

木挽町に巣くっている地回りか。

徳三は木挽町に向かった。ここから目と鼻の先だ。三つ、四つ町内を横切れば、三《さん》十間堀《じっけんぼり》に出る。

徳三は堀に突き当たって右に行った。木挽橋が見える。船宿や水茶屋、料理屋が並んでいる。

いままさに料理屋の裏手にある船着場に猪牙舟《ちょきぶね》が着き、羽織姿の客が下りたところだった。仲居が迎えに出ていた。

徳三はその一帯を歩き回った。

少し崩れた感じの若い男を見かけると声をかけ、

「半蔵さんってひとをしりませんか」

と、徳三はきいた。

「なんでえ、おまえは？」

「へえ、ご覧のとおりの羅宇屋でございます。半蔵さんにヤニ取りを頼まれましたので、お渡しに」

「知らねえな」

男は冷たく言い、すれ違って行った。が、徳三が振り返ると、男も立ち止まってこっちを見ていた。

半蔵を知っているのだと、徳三は察した。

この界隈の地回りに片っ端からきいてまわれば、やがて半蔵の耳に入る。そしたら、半蔵のほうから声をかけて来るだろう。そう確信した。

今度は数人の、いかにも崩れた感じの男たちに出会った。地回りだ。

「恐れ入ります。半蔵さんとはどこに行けば、会えるのでしょうか」

「半蔵だと？」

あばた面の男が顔を突き出した。

「おう、爺《じい》さん。半蔵に何の用だ？」

「へえ、半蔵さんにヤニ取りを頼まれましたので」

「いい加減なことを言うんじゃねえ。半蔵は煙草《たばこ》はすわねえ」

男はにやりと笑った。

「そんなはずありませんぜ。煙管は何本も持っていると言ってました」

男がからかっているのだと思って、徳三は言い返した。

「そんな何本も持っているはずないぜ。まあいい。煙管は俺が預かってやろう」

「いえ、あっしが直《じか》にお渡しいたします」

「おいおい、爺さんよ。せっかく親切に言っているんだ。好意を無にするものじゃねえ」

横合いから、若い男が口をはさんだ。

「へえ、ご好意はありがたいのですが、やはり、直接会って……」

あばた面の顔色が変わった。

「てめえ。何者だ？」

「何を仰いますか。あっしはしがねえ羅宇屋でございます」

「なぜ、半蔵を探しているんだ？」

「ですから、ヤニ取りを……」

「ふざけるな。半蔵兄《あに》いが自分から羅宇屋に声をかけるわけはねえ。俺たちに命じるはずだ。いい加減なことを言うな」

思いがけない反撃を受けたが、徳三は臆することなく、

「では、同じ名前でも、別人だったのでしょうか。『大津屋』さんで訊ねたら、この付近できけばわかると教わったのですが」

と、『大津屋』の名を出した。

男たちは顔を見合わせた。そして、あばた面の男が、

「爺さん。どうやら、ひと違いのようだ。俺たちの知っている半蔵とは違うようだ」

と言い、そのまま立ち去って行った。

男たちの背中を見つめながら、徳三は含み笑いをした。

半蔵がこの界隈にいることは間違いない。今日中に、徳三のことは半蔵の耳に入るはずだ。半蔵が動くとしたら明日あたりか。

徳三は、きょうはこのまま引き上げることにした。

帰りは永代橋を渡って、深川の海辺大工町の長屋に戻って来た。ようやく、夕陽が沈もうとしていた。

肩の荷物を下ろし、腰高障子を開けて土間に入る。荷物を部屋の隅に置いた。

戸が軋《きし》む音がして、隣に住む鋳掛け屋の重吉が顔を出した。

「おう、重吉さんか」

徳三は重吉の足を見て、

「どうだえ、足のほうは？」

と、きいた。

「おかげで、だいぶよくなった」

「そうか。そいつはよかったな」

「徳三さん。今朝方、編笠をかぶった侍がやって来て、徳三さんのところに客がなかったか、きいていたぜ」

重吉が真顔になって言った。

「編笠の侍？」

「だから、五日ほど前に誰かが泊まって行ったみたいだと話してしまった。いけなかったかえ」

「いけないことなんてないさ。それでいい」

「そうか。よかった。余計なことを言っちまったかと気にしていたんだ」

「そいつは無用な心配をさせちまったな」

徳三は笑った。

「いや。いいんだ。じゃあ、邪魔した」

「足を大事にな」

重吉が引き上げたあと、徳三は顔をしかめ、顎に手をやった。

青痣与力だ。峰吉がここに泊まったことに気づいているのだと思った。

峰吉とは妙な縁で関わりを持ったが、峰吉の告白を聞き、徳三も遠い日の自分に思いを馳せた。

俺もひとりの女に心を奪われ、身を滅ぼしたのだ。女なんて、他に掃いて捨てるほどいる。あんな女なんて忘れろ。そんな意見も耳には入らなかった。

だから、峰吉の気持ちがよくわかる。たったひと晩だけだったが、徳三は峰吉に遠い日の自分を重ねていた。

その峰吉がもうひとつ心配していたのが吉松のことだった。吉松が『大津屋』への襲撃を手伝うという約束を破るとは思えない。何かあったのではないかと、心配していた。

任せておけ。様子を見て来ると言い、徳三はお元の家に行ってみたが、吉松が匿われている気配はなかった。

その後、吉松は回向院境内にも姿を現さなかったのだ。

暗くなって、徳三は長屋を出た。

高橋を渡り、常磐町一丁目にある吉松の姉の店にやって来た。暖簾をくぐった。間口が狭く、奥行きの長い店だ。両脇に上がりの板の間が長く奥に伸びている。すでに、客が何組か来ていた。

徳三は手前の席に入口を背にするように座った。小女が注文を取りに来た。

「お酒をください」

徳三は酒とつまみを頼んだ。

「いらっしゃいませ」

と、女将がやってきた。吉松の姉のお元だ。にこやかな笑顔で、客に愛嬌を振りまいている。吉松が行方不明であることを心配しているような様子はまったく感じられない。もっとも、客の前で暗い顔も出来まいが、それにしても、お元の顔に屈託や翳《かげ》のようなものはない。

小女が酒とつまみのまぐろの漬けを持って来た。

徳三はちびりちびりと酒を呑みはじめた。こうして、ひとりで酒を呑むようになってから何年になるだろうか。

三十年になるかもしれない。最初のうちは、胸にぽっかり開いた空洞に風がどんどん入り込んでいた。やるせなさにいつも胸をかきむしっていたものだ。が、それもいつしか馴《な》れて来た。

いや、虚《むな》しいとか切ないとか、その他もろもろの感情が麻痺《まひ》してきたようだ。孤独に生きる。そう徹してきた。だが、五十を過ぎてから、微妙に心が変化をして来た。死を考えるようになってからだ。

人生の最期を江戸で迎えたい。そう思って、江戸に戻って来たのだ。それも、何かに引き寄せられるように深川に……。

酒が心に染みる時期はとうに通り越した。

客が入って来た。だが、いらっしゃいませという小女の声は聞こえなかった。徳三は男を目で追った。

女将といっしょに奥の板場に向かった。亭主の朝次郎だ。何かあったのか、と徳三は気になった。

残った酒を急いで呑み干し、徳三は小女に勘定を払って店を出た。

徳三は斜め向かいの下駄屋の陰から呑み屋を見る。下駄屋の戸はすでに閉まっていた。

ほどなく、朝次郎が出て来た。

厳しい顔つきだ。が、外に出たところで含み笑いをした。すぐに顔を引き締め、着物の裾をつまみ、そのまま通りに向かった。徳三はあとを追った。吉松のところに行くのかもしれない。

朝次郎は本所の方向に急ぎ足になった。竪川に出ると二之橋を渡り、まっすぐ一ッ目通りに入った。

御竹蔵《おたけぐら》の前を過ぎ、石原町《いしわらちょう》の手前で右に折れる。そのまま、まっすぐ進んだ。夜道で、尾行に気づかれる恐れはない。

朝次郎は横川に出て法恩寺《ほうおんじ》橋を渡った。何かある。吉松のところかもしれない。吉松はなぜ、回向院に戻らなかったのか。

峰吉も気にしていたのだ。あの日、午後から吉松は朝次郎に呼ばれて出て行ったきりだった。そのまま、吉松の行方はわからなくなったのだ。

やがて、天神川《てんじんがわ》に出た。橋を渡り、朝次郎は亀戸天満宮にやって来た。鳥居をくぐって中に入った。

だが、朝次郎は太鼓橋を渡らず、庭をまわって裏口から外に出た。

峰吉もあわてて裏口から外に出た。だが、狭い路地が入り組み、朝次郎がどっちへ行ったかわからない。

急いで路地を駆け抜け、もう一本隣の路地を見た。だが、朝次郎の姿はわからない。

見失った。尾行の失敗を認めざるを得なかった。

四

翌朝、現場に剣一郎も駆けつけた。

亀戸天満宮に接している町家だった。しゃれた格子造りの家だ。すでに、植村京之進も来ていた。

部屋の中に、男と女が横たわっていた。女は喉から血を噴き出し、男の頸部《けいぶ》は青黒っぽい縄の跡があった。

「吉松に間違いないのか」

剣一郎は京之進にきいた。

「吉松です。間違いありません」

京之進は断定した。

「女を包丁で殺したあと、この鴨居《かもい》に縄を掛け、首をくくったようです」

まだ、鴨居に縄が下がっていた。

また、線香を焚《た》いた跡があった。

「死んだのは昨夜遅くからきょうの未明にかけてだと思います」

「女は？」

「まだ、身許はわかりません」

「この家の住人ではないのか」

「ここはずっと空き家だったそうです。吉松は女を連れ込み、勝手に入り込んでいたと思われます」

「死体を発見したのは誰なんだ？」

「家主に訴えた者がいたそうです。空き家なのに、数日前からひとがいる。ゆうべ遅く、線香の匂いがしていたり、いろいろ不審なことが多いので調べてくれと」

「その者はわかっているのか」

「小間物の行商の男だそうですが、家主は知らない人間だったと言っています」

「吉松はずっとここにいたのか」

「そうだと思います」

そこに、小者がやって来た。

「朝次郎とお元がやって来ました」

「よし、通せ」

京之進が待ちかねたように言った。

朝次郎とお元が駆け込んで来た。

男の死に顔を見て、

「吉松……」

と、朝次郎が呟いた。

お元が吉松にしがみついて、

「吉松。どうして、こんなことに」

と、泣き叫んだ。

「ばかな真似をしたものだ」

朝次郎が顔をしかめて吐き捨てる。

「この女に心当たりはあるか」

京之進がふたりに声をかけた。

まず、朝次郎が女の顔を覗き込んで、

「おや、これはおふくじゃないか」

と、お元を呼んだ。

お元が吉松から離れ、女のほうに目をやった。そして、顔を見て、

「あっ、おふくさん」

と、声を上げた。

「おふくというのは？」

京之進が確かめる。

「はい。私が以前、料理屋で仲居をやっていたときの朋輩です。まさか、吉松と心中なんて、信じられません」

お元が沈んだ声で言う。

「吉松とおふくはそういう仲だったのか」

「気がつきませんでした。ただ、おふくさんは男好きのする顔だちで、人気もありました。吉松も惹《ひ》かれていたのかもしれません」

「おふくと吉松は出会ったことはあるのか」

「はい。おふくさんは私のお店にちょくちょく来てくれました。ですから、何度か会

ったことはあります。でも、そんな関係だったとは想像もつきませんでした」

「吉松は、おふくの体に溺《おぼ》れてしまったのだ。だから、牢に帰ることが出来なくなったんだ。でも、もう逃げられないと観念したか……」

朝次郎がしんみり言う。

京之進が剣一郎に顔を向けた。

「吉松からは一度も連絡はなかったのか」

剣一郎は朝次郎とお元のふたりにきいた。

「ありません」

「死ぬ前に、そなたたちのことを思い出さなかったのだろうか。特に、そなたは実の姉ではないか」

「はい、でも」

お元がため息をついてから、

「姉弟と言っても、母親が違うんです」

と、打ち明けた。

「私の母が死んで、父は後添いをもらいました。それから、吉松が生まれたんです。ですから、いざとなると、どこか他人行儀なところがありました」

「しかし、質屋に押し込んだあとは、そなたの説得で自首をしたのではなかったのか」

「はい。そうですが……」

お元は俯いた。

「どのみち、吉松に助かる道はなかったんです。このまま逃げ果せられるわけはありません。捕まれば死罪なのです。だったら、好きな女子《おなご》といっしょに死んでいったことは、吉松には仕合わせだったかもしれません」

朝次郎がしみじみ言う。

「おふくはどうだな？」

剣一郎は憤慨して口をはさんだ。

「吉松はおふくを殺してから死んだのだ。おふくは死にたくなかったかもしれない」

「そうですが……」

朝次郎は不満そうに眉根を寄せた。

「もういい、ごくろうだった。もう少し調べたらほとけを返す。ところで、おふくに身寄りは？」

京之進がふたりにきいた。

「いません。仲居をしていた料理屋は永代寺門前町にある『岡田屋《おかだ》』です。住まいは伊勢崎町《いせざきちょう》の長屋です」

「よし、『岡田屋』の女将と長屋の大家に知らせておこう」

さっそく、京之進は小者を使いに走らせた。

朝次郎とお元が引き上げてから、

「念のためだ。心中に偽装した形跡はないかもよく調べておくように」

剣一郎は万全を期した。

かりに、吉松を殺したいと思う人間がいたとしても、自らが殺しという危ない橋を渡らずとも、吉松はいずれは死罪になるのだ。そう考えたら、殺しは考えられない。

だが、それでも、何かしっくりしなかった。朝次郎とお元の態度にどこか嘘臭いものを感じていたのだ。

あとは京之進に任せ、剣一郎は外に出た。

すぐ近くに亀戸天満宮の本殿の屋根が見える。だが、幾つか並んでいる料理屋の裏手になり、ここはひっそりとしている。

ここで、吉松は回向院に戻るか戻らないかの葛藤の末に、おふくを選んだのだ。おふくが引き止めたのか、それとも吉松が快楽にまけたのか。

罪一等を許される機会をみすみす失してしまったのだ。あげく、情死に向かわざるを得なくなった。

おふくとの愛欲だけの暮らしが長続きするはずのないことが、吉松にはわからなかったのだろうか。

亀戸天満宮の参道に入って行ったひと影があった。剣一郎はあとを追ったが、参詣人のひと混みに紛れ、姿を見失った。

境内まで追って確かめることは必要なかった。荷物を背負い、やや首を前に出して歩く姿は徳三のように思えた。

だが、徳三だったとしても、吉松の件とは無関係であろう。

それより、吉松の件は、これでけりがついたと考えてよいのだろうか。

切り放しになったとき、吉松は峰吉といっしょに逃げた。おそらく、最初の晩はいっしょに過ごしたが、次の日にふたりは別れた。

吉松はおふくとあの空き家に入り込み、ついに刻限まで帰らなかった。一方、峰吉は徳三のところで過ごし、いっしょに回向院境内までやって来て、刺されたのだ。

いっしょに逃げたふたりの身にこのような不幸が起こったのは、まったくの偶然なのだろうか。

剣一郎は法恩寺橋を渡り、武家地を抜けて、御竹蔵に出た。その前を過ぎ、亀沢町から回向院裏にやって来た。

川元朴善のところに寄ったが、峰吉の容体に変化はなかった。極めて厳しい状態であることに変わりはなかった。

峰吉を刺した人間は何者で、何の目的で殺そうとしたのか。決して、ひと違いではなかった。下手人は、ためらわずに峰吉に向かって行った。つまり、峰吉の顔を知っている男だ。

動機を考えた場合、やはり疑いは『大津屋』に向かう。あのまま、峰吉が回向院に戻れば、罪一等が減じられる。

もともとの罪が死罪だった場合には遠島となる。遠島ならば、江戸から隔離され、危害を加えられる恐れはない。

問題は罪一等が減じられ、追放という処分になった場合だ。追放刑なら江戸に住むことは出来ない。だが、草鞋《わらじ》履きの旅姿であれば旅行中ということで、江戸に入り込んでも咎められないという抜け道がある。

そうなったら、峰吉は好きなときに『大津屋』を襲うことが出来る。音次郎とおちかは、安心して過ごせないであろう。

だから、いっそ峰吉を殺して……。そこまで考えて、剣一郎は思い直した。

殺しは失敗する危険性がある。それより、峰吉をどこかに監禁し、立ち返りの刻限に間に合わなくさせたほうがいいのではないか。そのあとで、放り出せば、峰吉は死罪になるのだ。なぜ、そうしなかったのか。

いや、それをしたのではないか。峰吉を監禁しようとしたのだ。だが、失敗した。なぜか。

（徳三）

剣一郎は内心で呟いた。

もし、徳三が峰吉を助けたのだとしたら……。徳三が回向院まで付き添って行くことも理解出来る。

監禁に失敗した敵は、最後の手段としてあのような凶行に及んだのだ。回向院境内で待ち伏せれば、必ず現れるからだ。

剣一郎はこの考えが大きく間違っていないような気がした。

ただ、わからないことがある。『大津屋』のほうは、どうして峰吉の居場所を知ったのか。

切り放し後、峰吉がどこに逃げるか、わからなかったはずだ。いや、なんらかの方法で、知ることが出来たのかもしれない。

だが、そうなると、吉松のほうとはまったく別問題ということになる。吉松は女に溺れ、刻限までに戻らねばならぬ約束を破った。だが、追手の影に怯《おび》える暮らしに絶望し、ついに情死に走った。そういうことなのだろうか。

だが、剣一郎はこの考えが腑に落ちない。

川元朴善の家を出てから、剣一郎は二之橋を渡った。

半刻（一時間）後、剣一郎は永代寺門前町にある料理屋の『岡田屋』の前に来ていた。黒板塀でかこまれているが、塀は色が剝《は》げかかり、朽《く》ちている板もあった。

建物は大きいが、それほど高級な店というわけではないようだ。まだ、昼前なので、開いていない。

編笠を外し、剣一郎が門から玄関に向かうと、女将らしき小肥りの女が出て来た。

「あなたさまは……」

「八丁堀与力の青柳剣一郎だ。どうやら、おふくのことで騒いでいるようだな」

「はい。知らせを聞いて、うちの亭主をやったところでございます」

「ちょっと、おふくのことで話を聞かせてもらいたい」

「はい。どうぞ」

「いや、ここでよい。すぐ終わる」

「はい」

おふくには好きな男はいたのか」

「いえ、いなかったと思います」

「いつからお店を休んでいるのだ」

「火事の日の翌日からです。知り合いが火事に遭い、その手伝いに行かなくてはならないので、三日ほど休みをくれと」

「知り合い？」

「はい。おふくはそう言ってました」

「お元という女も以前ここで働いていたそうだな」

「はい。おふくとは仲がよかったようです」

「お元が呑み屋をやっているのを知っているか」

「はい。お店を開くとき、挨拶に来ましたから」

おふくがお元の店に顔を出したのは間違いないようだ。

「こんどのことはどう思う？」

「信じられません。心中するなんて。ただ」

「ただ？」

「はい。おふくは借金があったみたいなんです」

「借金？」

「はい。そのことで、悩んでいるようでしたから、借金のこともあって死に急いだのかもしれません」

「何の借金があったのだ？」

「以前に、男に騙《だま》されて有り金を全部持っていかれてしまったことがあったんです。そのため、金貸しから金を借りたことがあったんです」

「なるほど。借金があったか」

そのこともあり、吉松に同情し、いっしょに死ぬ気になったか。

「また、八丁堀の同心がやって来て同じようなことをきくかもしれない。そのときも、よろしく頼む」

「はい。畏まりました」

剣一郎は『岡田屋』を出てから、途方にくれたように立ち止まった。

吉松とおふくは覚悟の上で死を選んだのか。そう認めざるを得ないようだった。

五

亀戸天満宮から、徳三は両国橋に向かった。

昨夜朝次郎を尾行してここまで来たが、見失ってしまった。その辺りに何かあるか、調べてみるつもりでやって来たのだが、とんでもない事態に出くわした。

吉松が女と心中したらしい。朝次郎とお元が駆けつけてきた。だが、おかしい。ゆうべ、朝次郎がやって来たのは吉松に会うためだったのだろう。

その後、吉松が死んだことになる。

朝次郎はゆうべやって来たことをどのように説明しているのか。そのことが気になったが、同心にきくわけにもいかない。

さっきはちらっと青痣与力を見かけた。それで、あわてて参道に逃げたのだが、どうやら、気づかれなかったようだ。

吉松が女と心中したことを知らずに、峰吉はまだ意識を取り戻すことなく、眠り続けている。

（峰吉さんよ。おめえに万が一のことがあったら、おめえに代わって、俺が仇を討っ

てやるぜ）

　徳三は胸の内で誓った。

　その前に、まず、証拠を摑むことだった。

　徳三は木挽町にやって来た。

　もはや、半蔵のことをきいてまわる必要はなかった。こうやって、この界隈を歩き回っていれば、向こうから近づいて来る。徳三は、そう思った。

　木挽橋を渡ったとき、目の前に三人の男が立ちふさがった。その中に、あばた面の男がいた。きのうの連中だ。

　あばた面が口を開いた。

「半蔵に会いたいんだったな。ついて来な」

「へい。お願いしやす」

　徳三は三人のあとについて、三十間堀沿いを行く。

　しばらく行くと、料理屋が途切れ、雑草が繁っている場所に出た。欅《けやき》の樹が空に向かって高く伸びている。

　その欅の陰から細身の男が姿を現した。逆三角形の顔だちで、こめかみから顎まで まったく丸みのない頰だ。つり上がった目は細く冷酷そうだった。三十前後だ。

三人はその男の両側に分かれて並んだ。

「俺を探しているってのはおまえさんかえ」

男が口を開いた。

「へえ。半蔵さんでいらっしゃいますか」

「いかにも、半蔵だ。おまえさんは？」

「あっしは羅宇屋の徳三と申します」

「俺が煙管の直しを頼んだそうだな」

半蔵は口許に冷笑を浮かべた。

「へえ。申し訳ございません。そうでも言わないと、誰も教えてくれないと思いまして」

「で、俺に何の用だ？」

「へえ。峰吉さんをご存じでいらっしゃいますね」

「峰吉？　誰でえ、それは？」

「おとぼけなすってはいけません。『大津屋』に乗り込んで、若旦那夫妻を殺そうとした男でございますよ」

「思い出したぜ」

半蔵は片頬を歪《ゆが》めた。

「もうちょっとのところで若旦那の音次郎を殺《や》れたのに、半蔵って男に邪魔をされたと、峰吉さんは悔しがっていましたぜ」

「おう、爺さん。おめえ、何が言いたいんだ？」

「峰吉が小伝馬町の牢送りになったことはご存じでいらっしゃいますね」

「うむ」

「火事で、切り放しになったことも？」

「そんなことは知らねえ。峰吉って男がどうなろうが俺には関係ねえことだ」

「ほんとうに、そうですかえ」

「なに？」

「『大津屋』から、だいぶ金をもらっているんじゃないですかえ」

「てめえ、さっきからおとなしく聞いていりゃ、つけあがりやがって」

あばた面の男が徳三の胸ぐらを摑んできた。

「おやめくださいな」

徳三は相手の腕を摑んでひねった。

痛てえと悲鳴を上げて、あばた面がひっくり返った。徳三もわざとよろけた振りをし、あばた面の男の上に倒れ込んだ。

「このやろう」

他のふたりが、徳三に襲いかかった。ひとりが倒れている徳三を足蹴にしようとした。徳三は逃げるようにして、その足を掬《すく》った。

男は仰向けにひっくり返った。

「おやめください。こんな年寄りに無体な真似はおやめください」

徳三は這いつくばって頭を下げた。

「てめえ」

もうひとりが、懐から匕首《あいくち》を抜き取った。

「待て」

半蔵は声をかけた。

「やめるんだ」

「いや、勘弁ならねえ」

「てめえたちの敵《かな》う相手じゃねえ」

半蔵は険しい目で徳三を見下ろした。

「おまえさん、ただ者じゃねえな。何者なんでえ」

「あっしはただの羅宇屋でございますよ」

倒れた男が起き上がった。

徳三も立ち上がった。

「半蔵さん。まだ、話の途中なんですが」

徳三は半蔵に迫った。

「俺が『大津屋』から金をもらっているってことか。それは、用心棒代だ。若旦那夫婦の命を狙っている者がいるっていうんで、用心棒を頼まれた。確かに、若旦那に襲いかかろうとした男を取り押さえたことがある。それから、切り放しになった男がまた襲って来るかもしれないっていうんで、『大津屋』に呼ばれた。それだけのことだ」

「半蔵さん。切り放しになった峰吉は三人組の男に襲われ、深川のある場所に監禁されたんだ。回向院に帰る刻限に間に合わせなくする目的だったに違いない。そうすれば、峰吉は死罪になったはずだからな。ところが、ひょんなことから、峰吉は監禁場所から逃げ出すことが出来た。そして、約束の刻限に間に合うように回向院に向かったのだ。あと、少しで着くというとき、男が飛び出して来て、峰吉を刺したんだ」

半蔵は険しい顔の口許を歪めた。

「それが、俺だと言いたいのか」

「俺は、峰吉のことなど知らないな。おまえさんの見方は間違っている。他を当たるんだな」

「峰吉を監禁したのはおまえの仲間じゃないのか」

「違う、お門違いだぜ」

「『大津屋』から、峰吉を始末するように頼まれたのではないのか」

徳三はなおも問いつめた。

「頼まれちゃいない」

やったことはお縄になることだ。そう簡単に白状するはずはない。証拠はないので、それ以上は踏み込めない。

「わかった。最後に、もうひとつ」

徳三は半蔵の目を見つめた。

「朝次郎って男か、お元という女を知らないか」

「知らねえな」

半蔵は顔をしかめて答える。

「俺は、そんなに『大津屋』に食い込んでいるわけじゃねえ。俺の親分から頼まれて、用心棒になっただけだ」

半蔵は顔をしかめ、

「おい、行くぞ」

と、あばた面の男たちに言った。

「待て」

徳三は引き止めた。

「爺さんは徳三とか言ったな。若え頃は相当鳴らした男じゃねえのか。その年になって、なにも血気盛んな頃を思い出しても仕方あるまい。おとなしく余生を満喫することだ。違うかえ」

そう言い残し、半蔵は去って行った。

徳三は呆然《ぼうぜん》と見送った。

あの男だろうか。あの男なら、峰吉の顔を知っているのだ。『大津屋』の音次郎かおちかの意を受けて殺しを引き受けたのは半蔵ではないのか。

証拠が欲しい。峰吉が意識を回復してくれれば、刺した男が半蔵かどうかわかるのだ。徳三は胸をかきむしるようにして、峰吉の回復を願った。

その日の夕方、いったん、長屋に帰って荷物を置き、徳三は西行寺へ向かった。

山門前の花屋で、すっかり顔なじみになった婆さんから花と線香を買い求め、徳三は山門をくぐった。

墓地の奥に、古い墓がある。その墓に花を供え、線香を上げた。風がなく、線香の煙がまっすぐ上がって行く。

徳三は手を合わせた。

三年前、江戸に舞い戻ったのは、夢路の墓の前で腹を切って死のうと思ったからだ。すぐにではない。三年間、墓参りを続けたあとで、死ぬつもりだった。

小田原《おだわら》の旅籠《はたご》で下働きをしていたときのことだ。徳三は風呂の竈《かま》に薪《まき》をくべていたが、そのとき湯に入っている客が、あろうことか三十年前の惨劇を思い出話として口にしたのだ。

客は伊勢講《いせこう》の団体のひとりで、昔は深川で商売をやっていたという。それも、夢路のいた置屋の近くだった。

抜き身を下げた侍が血相を変えて店の前を横切った。驚いて、外に出た。侍は、夢路の家に入って行った。

あとから、追手が駆けつけたが、そのとき、すでに家の中から夢路の悲鳴が聞こえた。あんなに恐ろしいことはなかったと、男は湯の音をさせながら話した。

夢路さんはどうなさいましたかと、徳三は薪を手にしたままきいた。死んだよ、と客の声。夢路さんの墓はあるんですかえ。徳三はさりげなくきいた。

「ああ、海辺大工町の西行寺に眠っている。料理屋の女将さんや芸者衆が皆で金を出し合って墓を建てたんだ。七回忌ぐらいまでは命日には線香の煙がたくさん上がっていたが、いまじゃお参りするひともいないだろう」

その言葉が、徳三を江戸に帰すきっかけになった。

なぜ、今日まで生き長らえて来たのか。生きる目的も喜びもなかった。ただ、苦痛のみを友として生きてきた。いつ野垂《のた》れ死んでも、泣く者とてない。それなのに、死ぬきっかけが摑めなかった。

だが、ようやくそれも摑めたのだ。

来月で、丸三年になる。三年間、夢路の墓を守り、三年後の夢路の祥月命日に夢路の墓前で腹を切る。それが、徳三の生きる目的になった。

心に決めた三年が過ぎるのだ。いよいよ、死ぬ時期がやって来た。この三年間、一日も欠かさず夢路の墓にやって来た。

それまで、ときたま悪夢にうなされたが、ここに住み、墓参りをはじめてから、一度も悪夢にうなされることはなかった。

夢路が許してくれたとは思えないが、徳三はある程度、気持ちの整理がついた。思い残すことはない。ただ、峰吉のことだけが心残りだ。峰吉をあんな目に遭わせた人間をこのままにしておくわけにはいかない。

「もうしばらく待ってくれ。そっちへ行ったら、そなたのどんな仕打ちも受けよう」

徳三は呟き、ずっと手を合わせていた。

第四章　誘《おび》き出し

一

翌日の朝、剣一郎は元数寄屋町二丁目の『大津屋』の客間にいた。

剣一郎がじきじきにやって来たというので、『大津屋』に緊張感が走ったようだ。しかし、『大津屋』は奉行所に付け届けをたくさんしており、日頃から奉行所を見くびったようなところもあった。

「青柳さま。きょうはいったいどのような御用でございましょうか」

『大津屋』の主人音右衛門《おとえもん》はにこやかな表情だが、窺《うかが》うような上目づかいできいた。太い眉《まゆ》がまるで生きもののようによく動く。

「例の峰吉のことで確かめたいことがある」

剣一郎は毅然《きぜん》とした態度で切り出した。

「あの男とはもう私どもは何の関係もありませぬが」

さも心外というように、音右衛門は露骨に顔をしかめ、

「あの男のことは思い出すだけでさえ、胸がむかつきますので」

と、付け加えた。

「峰吉が回向院境内《けいだい》で何者かに刺されたことを知っておろう」

音右衛門の苦情を聞き流してきく。

「はい。ばちが当たったのでございましょう」

「そう思うか」

「それはそうでございます。この屋敷に乗り込み、伜《せがれ》夫婦を殺そうとしたのですから。逆恨みもいいところ」

音右衛門は不快そうな顔をした。

「峰吉を刺した者に心当たりはないか」

どんな目の動きも見逃さないように、剣一郎は鋭く相手の目を見つめた。

「まったくありませぬ」

音右衛門は顔色を変えずに言う。

さすが、これだけの身代を守っているだけのことはある。ちょっとやそっとのことでは、音右衛門は尻尾《しっぽ》を出しそうもなかった。

「すまぬが、おちかを呼んでもらいたい」

剣一郎は矛先《ほこさき》を変えた。

「おちかを、ですか」

音右衛門は少し不服そうな表情をした。

「そうだ。おちかにききたいことがある」

「どのようなことで？」

「おちかに会ってからだ」

「わかりました。どうせ、私もいっしょに聞けばわかることですから」

「いや、そなたには遠慮してもらおう」

「しかし、おちかは女子《おなご》ゆえ……」

「おちかひとりだけでは何か不都合でもあるのか」

剣一郎は音右衛門の顔を見据えて言う。

「いえ、滅相《めっそう》もない。では、呼びましょう」

音右衛門は大きく手を叩いた。

女中がやって来て、部屋の前に控えた。

「おちかにすぐ来るように伝えておくれ」

「畏《かしこ》まりました」

女中が去って行く。

「青柳さま」

音右衛門が窺うような目で、

「峰吉の件が、何か私どもと関係でもあると仰るので？」

と、薄気味悪い声できいた。

「いや。そうではない。ただ、下手人の手掛かりが皆目掴めない状況なのだ。そこで、藁《わら》にも縋《すが》る思いで、関係者から話を聞こうとしているのだ」

「さようでございますか」

音右衛門は疑わしげに答える。

廊下に足音がして、部屋の前で止まった。

「おちかでございます」

外で声がした。

「お入り」

音右衛門が声をかける。

静かに障子《しょうじ》が開き、失礼しますと言い、おちかが入って来た。

とば口に腰を下ろし、おちかは剣一郎に向かって頭を下げた。

「おちか。青柳さまがおまえにききたいことがあるそうだ。私は向こうに行っている
から、何かあったら呼ぶがいい」

音右衛門は険《けわ》しい顔のまま立ちあがった。

音右衛門が部屋を出て行ったあと、

「そこでは遠い。ここへ」

と、剣一郎はおちかを招いた。

はい、とおちかは最前まで音右衛門が座っていた場所に腰をおろした。

差し向かいになってから、剣一郎は切り出した。

「さて、おちか。そなたは、峰吉とは同じ長屋で暮らしていたそうだな」

「はい。兄のように慕っておりました。でも、峰吉さんのほうは、そう思っていなか
ったと知って、とても驚きました」

問われぬ前から、おちかは二世を誓った仲であることを否定した。逆にいえば、そ
のことはおちかにとっては深く追及されたくないことなのであろう。

「峰吉とは、男女の仲ではなかったと申すのか」

「はい」

「そなたは、『大津屋』に嫁に来ることを、峰吉に話したか」

「いえ」

「なぜ、話さなかった？　兄と慕う峰吉にはまっさきにでも知らせるべきだったのではないか」

「そうしたかったのですが、その頃から峰吉さんの態度がおかしかったのです。それで、怖くなって」

おちかはしらじらしく答える。

「態度がおかしいとは？」

「長屋のひとに、おちかは俺の嫁になると言いふらしたり、まるで二世を誓った仲であるかのように振る舞いはじめたり」

「すると、その頃から、峰吉の様子がおかしくなっていたと申すのか」

「はい。ですから、お嫁に行くことを話したら何をされるかわからないと思ったのです」

このいい訳を何度も反復して訓練して、それがあたかも真実であるかのように、おちかはひとに話すことが出来るようになっていた。そんな気がした。

「峰吉に負い目があって、話せなかったのではないのか」

「違います」

おちかは大きな声で言う。おとなしそうな顔だが、ときにしたたかそうな表情を見せる。おちかは落ち着いている。それは峰吉の知らない表情であろう。『大津屋』に嫁に来ることが決まってから、おそらく、それは峰吉の知らない表情であろう。


「峰吉は何者かに刺され、いま生死の境にいる。見舞いに行く気はないか。そなたが行けば、峰吉に生きる気力も出よう」

剣一郎は、おちかに一抹《いちまつ》の良心を期待して言った。

「いえ、私は『大津屋』の嫁でございます。『大津屋』に乗り込んで、狼藉《ろうぜき》を働いた男に同情するわけには参りません」

おちかはきっぱりと断った。

「見舞うことなど出来ぬと申すのか」

「はい。いまのあのひとは私が兄のように慕っていた峰吉さんとは別人でございますから」

おちかは目をそむけるように俯《うつむ》いた。

「変わったのは、そなたも同じではないのか」

「それは……」

おちかは言葉を詰まらせた。

「まあよい。峰吉を刺した人間に、いや、殺すよう命じた人間に心当たりはないか」

「ありません」

「切り放しになった峰吉が襲って来るかもしれないと、『大津屋』は警戒したようだな」

「はい。峰吉さんは自暴自棄になっていて、何をするかわかりませんでしたから」

「峰吉がこんなことになって、『大津屋』はひと安心だ」

「だからと言って、『大津屋』の者がひと殺しを命じるということはございません」

またも、おちかはしたたかさを垣間見せた。

「ところで、『大津屋』には用心棒代わりに遊び人ふうの男がいたそうだな。確か、半蔵という名だったと聞いたが」

半蔵のことは、京之進から聞いていた。峰吉を取り押さえた男だという。

「はい。木挽町で口入れ屋をしている円助《えんすけ》親分さんのお身内です。峰吉さんが襲って来るかもしれないので、義父が親分さんにお願いして半蔵さんに来てもらったのです。もし、あのとき半蔵さんがいなかったら、私たちは死んでいたかもしれません」

「そうか。あいわかった。最後にもう一度きくが、峰吉を見舞う気はないか」

「ございません」

おちかに付け入る隙はなかった。


剣一郎は『大津屋』を出てから木挽町に向かった。

おちかは口入れ屋と言っていたが、円助はいわゆるやくざだ。賭場《とば》を開いたり、子分に盛り場をまわらせ、金になることには何でも首を突っ込ませる。そういう生業《なりわい》をしている男だ。

剣一郎は紀伊国《きのくに》橋の近くにある円助の家に行った。

広い土間に入ると、剣一郎の顔を見て、若い男があわてて奥に飛んで行った。わざわざ用向きを言う前に、若い男が円助を連れて来た。

「これは青柳の旦那。こいつが、青痣与力が現れたと、血相を変えて駆け込んで来ましてね」

円助は坊主頭の凄味《すごみ》のある顔をした男だ。

「さあ、どうぞ」

「いや。半蔵に会いに来たのだ。半蔵はいるか」

「半蔵ですかえ。へえ、おります。おい、誰か半蔵を呼んで来い」

円助は近くの若い者に命じた。

「旦那。半蔵が何か」

円助は気にした。

「たいしたことではない。『大津屋』の件できさたいことがあるだけだ」

「『大津屋』のどんなことを?」

「そいつは本人に会ってからだ」

「さいですか」

円助は不服そうに引き下がった。

まだ、半蔵は来ない。

「円助、最近はどうなのだ?」

剣一郎は円助の大振りな顔を見つめた。目も鼻も口もそれぞれ大きい。

「へえ、ご安心を。いたっておとなしくしております」

こっそり、賭場を開いたりしているらしいが、近所の大名屋敷の中間《ちゅうげん》部屋を使っているので、なかなか実態を摑めない。

もっとも本気で潰そうとかかれば摘発出来ないこともないが、へたをしたら大名にも累を及ぼすかもしれず、大目に見ているところもあった。

「遅くなりました」

三十ぐらいの男がやって来た。逆三角形の鋭い顔だちだ。顎《あご》が尖《とが》っている。つり上がった目は細く、冷酷そうだった。

「おう、半蔵。青柳の旦那が用があるそうだ」

「へい」

半蔵は裾《すそ》をぽんと叩いて腰を下ろした。

「じゃあ、旦那。あっしはこれで」

円助が立ち去った。

円助がいなくなってから、

「半蔵。おまえは『大津屋』に用心棒として呼ばれたそうだな」

と、剣一郎は切り出した。

「へえ」

「峰吉を取り押さえたのもおまえだそうだが」

「へえ、そうでございます。あっしが部屋に駆け込んだとき、若旦那に襲いかかろうとしておりましたので」

「うむ。ところで、峰吉は火事による切り放しのあと、回向院境内で何者かに刺された」

「そうらしゅうございますね」

半蔵は細い目を見開いた。

「心当たりはあるか」

「いえ、ありません」

半蔵はつり上がった細い目を鈍く光らせて、

「旦那。あっしが、『大津屋』から頼まれ、峰吉を刺したと考えているんでしたら、とんだお門違いですぜ。あっしは、用心棒以外のことは何もしちゃいません」

半蔵はじっと剣一郎の目を見返した。

嘘をついているようには思えなかった。

「もし、『大津屋』が殺しを依頼したとしたら、誰に頼むか想像出来るか」

「いえ。そんな人間がいるなら、用心棒の件も、あっしらではなく最初からそっちに頼んでいたと思いますがね」

「確かに……」

「旦那。峰吉は監禁されたそうですね」

半蔵が思いがけぬことを口にした。

「なに、監禁?」

剣一郎はきき返した。

「へえ、三人組の男に襲われ、深川のある場所に監禁されたってことです。回向院に帰る刻限に間に合わせなくする目的だったに違いない。そうすれば、峰吉は死罪になったはずだからと」

「いまの話を誰から聞いたのだ?」

「徳三って羅宇《らう》屋です」

「徳三……」

峰吉が監禁されたことは初耳だった。ふたりの関係がわからなかったが、徳三は、監禁された峰吉を助けたのではないのか。そこからふたりはつながりを持ったのではないか。

「あの年寄りもあっしが峰吉を刺したんじゃねえかと疑っているようでした。でも、監禁したり、殺そうとしたり、あっしらはそんな真似はしちゃいません。確かに、無法なことをしちゃいますが、ひとさまの命を奪おうなんて、そんな真似はしちゃいませんぜ」

半蔵は真剣な表情で言った。

「うむ。そなたの言葉を信じよう」

「へい。ありがとう存じます」

半蔵たちの仕業《しわざ》でないとすれば、必然的に『大津屋』も白だということか。しかし、峰吉を監禁したのは誰が何のためにしたのか。

やはり、回向院に帰る刻限に間に合わせなくすることが目的だったとしか考えられない。そうならば、『大津屋』しか考えられないのだが……。

「旦那」

半蔵は小首を傾げた。

「いま、思い出したことがあるんですが……」

「なんだ？」

「へえ、あっしは峰吉が切り放しになった日の夜に『大津屋』に呼ばれたんです。この機に乗じて、また峰吉が襲って来るかもしれないと、『大津屋』ではみなぴりぴりしていました。その夜は何事もなく、その次の日の昼前のことでした。若旦那の音次郎を訪ねて、すこし崩れかかった感じの男がやって来ました。ええ。あっしはちらっと見かけただけですが、遊び人ふうの男でした。あっしと同い年の三十ぐらいでしょうか。大旦那と若旦那と客間に入って、なにやら話し合っていたようです」

「何者か見当はつかないか」

「ええ。その男はいつの間にか引き上げて行きました。そうそう、いまから思うと、それから大旦那や若旦那の表情に余裕が生まれているように感じられました」

「余裕か」

「はい。それまで見せたことのない笑みを漂わせていました。ひょっとしたら、そいつが、峰吉のことを何か知らせに来たのかもしれませんぜ」

「考えられる」

その男は何者なのか。

あの時点で、峰吉の行動を知っているのはいっしょに逃げた吉松だ。吉松は二十二歳。半蔵が見かけた男ではない。

吉松以外に、峰吉のことを知っているのは……。吉松の姉のお元に亭主の朝次郎。

切り放しになった夜、吉松は峰吉を連れてお元の家に向かった。お元はふたりをどこかに匿ったのではないか。

当然、吉松は姉に峰吉を引き合わせる。そのとき、お元は峰吉が『大津屋』の若旦那夫婦を狙《ねら》っていることを知ったのだ。それを聞いた朝次郎が、謝礼目的で『大津屋』に注進に及んだ。

そうかもしれない、と剣一郎は考えを組み立てた。

「半蔵。その男を覚えているか」

「へえ、もう一度会えばわかると思います」

「よし。見てもらいたい男がいる。深川まで、つきあってもらえぬか」

「深川ですかえ」

ちょっと、半蔵は躊躇《ちゅうちょ》したようだ。だが、すぐ、

「ようございます。行きましょう」

と、応えた。

青痣与力に貸しを作っておくのも悪くないと思ったのだろうか、半蔵は協力を約束してくれた。

その日の夕方、剣一郎は小名木川が大川に流れ落ちる手前にかかる万年橋の袂《たもと》で、半蔵と待ち合わせた。

剣一郎が到着したとき、半蔵は川の辺《ほとり》に立ち、大川に出て行く船を見つめていた。

「待たせたな」

剣一郎が声をかけると、半蔵は振り向いた。

「大川の風が気持ちいいので、ここにずっと突っ立っておりました」

「風は何か語りかけてくれたか」

剣一郎も並んで大川を見つめた。

「へえ。なんだか、いろいろなことが思い出されてきました。不思議なもんですねえ」

「大川はこうして悠々と流れている。俺もこういう静かな心境で生きて行きたいと思う」

「へえ」

「そなたは、いつから円助のところにいるのだ？」

「二十歳のときからです。それまで、芝《しば》のほうの飾り職人の親方のところにいたんですが、金がなくなるという騒ぎがあるたびに、いつもあっしが疑《うたぐ》られました。孤児で育ったせいか、みんなそんな目でみやがる。あるとき、親方のかみさんの金がなくなって、あっしは自身番に突き出された。一晩、寒いなかを柱に縛られていました。そしたら、翌日、金が出て来たんです。おかみさんがしまい忘れていただけでした。でも、あっしに謝ろうともしない。それで、かっとなって飛び出してしまったんです。それから、盛り場をうろつき、ひったくりやかっぱらいなど……。おっといけねえ」

「気にするな。昔のことではないか」

「へい。そんなふしだらな暮らしをしているときに、円助親分に出会ったんです。それから、ずっと円助親分に世話になっております」

「そうか。そなたも苦労をしたんだな」

「そんな苦労ってことはありませんが」

「まあ、まだ若いんだ。出来ることならまっとうに生きろ」

「へい。ありがとうございます」

半蔵は俯《うつむ》いた。

「さあ、行くか」

剣一郎は万年橋を渡り、小名木川沿いから六間堀のほうに曲がった。

堀を渡ると、南六間堀町になる。朝次郎とお元の住まいを訪ねたが、留守だった。

お元はお店のほうに出ているだろうが、朝次郎はいるかもしれないと思ったのだ。

次に、常磐町一丁目にあるお元の呑み屋に向かった。

「そこに、朝次郎が現れるかもしれない。半刻（一時間）ほど、中で過ごしてもらおう」

「わかりました」

剣一郎は財布から二朱金を差しだし、

「これを使え」

と、渡した。

「いいんですかえ」

「うむ。では、半刻後にさっきの万年橋で待っている」

「じゃあ、行って来ます」

剣一郎は暖簾《のれん》をくぐって行った半蔵を見送ったあと、海辺大工町の西行寺に行ってみることにした。

夕暮れ近くになり、山門前の花屋も店先を片づけはじめていた。

山門を入り、夢路の墓に行くと、花が手向《たむ》けられ、線香の煙が上がっていた。線香の燃え具合から、つい最前まで誰かが墓前にいたことがわかる。

徳三であろう。毎日、ここに来ているのだ。

やはり、徳三が旗田蔦三郎であることは間違いないようだ。自分が殺した芸者夢路の墓に毎日通い、己の所業を詫《わ》びているのだろう。

この三十年間、徳三は安穏《あんのん》な人生を歩んで来たわけではあるまい。業火の中で悶《もだ》え苦しんで来たのであろうことが想像される。

いよいよ人生の最期に差しかかって辿り着いたのが、夢路の眠るこの地だったということであろう。

西行寺を出て、剣一郎は小名木川沿いを大川のほうに向かった。もう陽は落ち、暗くなっていた。

万年橋の袂でしばらく待っていると、半蔵が小走りにやって来た。

「旦那。間違いありません。ちらっと見ただけですが、あのときの男です」

半蔵は少し昂奮していた。

「あの男は何者なのですか」

「峰吉といっしょに切り放しになった吉松という男の義兄だ」

「それがなんで、『大津屋』に……」

「半蔵。それ以上は考えずともよい。あとはこっちに任せてもらおう」

「へい。すいやせん。旦那、これ。釣りです」

「いい、とっておけ」

「いいんですかえ」

半蔵は何度も頭を下げて、永代橋に向かった。

剣一郎は逆に本所に向かった。峰吉の容体をみに、川元朴善のところに寄るためだ。

峰吉から話を聞ければ、ある程度のことが解明されるはずだ。峰吉の回復を願わざるをえなかった。

二

翌日、空は厚い雲におおわれ、いまにも降り出しそうな雨模様だった。

空を心配しながら、徳三は神田佐久間町にやって来た。ようやく、焼け跡の瓦礫《がれき》も片づけられて、掘っ建て小屋のような家が建ち、本格的な新しい家の普請《ふしん》がはじまっているのは大店だ。

深川辺りの別宅に確保してあった材木を使うので、火事からの回復は早い。

徳三は『三雲屋』という骨董屋があった場所に近づいた。深川の石島町にある別宅は、以前は『三雲屋』の持物だった。『三雲屋』は『大津屋』と親交があったのか。

あったとすれば、あの別宅を『大津屋』の者が使う可能性もある。

羅宇屋の姿をした徳三は、仮小屋で商売をしている下駄屋に向かった。店先におでこの突き出た亭主らしき男がいた。

「ちょっとお訊ねします」

徳三は声をかけた。

「煙管《きせる》の掃除は間に合っている」

亭主はあしらうように言う。

「そうじゃありません。じつは、『三雲屋』のことでお訊ねしたいんです」

徳三は腰を低く出た。

「『三雲屋』のこと?」

亭主は目を細めた。おでこが突き出ているぶん、目が奥に引っ込んでいるので、目を細めると消えてなくなりそうだった。

「へえ、あっしは以前に『三雲屋』の旦那に世話になりました。いずれ御礼に上がろうと思っていたら、潰れたと聞きました。いったい、『三雲屋』に何があったんでしょうか」

徳三は作り話で相手の気を引いた。

「おまえさんは知らなかったのか。あの旦那の手慰《てなぐさ》みだよ」

「博打《ばくち》で……」

「そうさ。博打で大負けして、屋敷も別宅も全部取り上げられてしまったのさ」

「そうだったんですかえ」

「一家離散さ。『三雲屋』の旦那はどこぞで首をくくっているんじゃないかって噂だ」

「なんてことで」

痛ましいと、徳三は胸を痛めた。

「いってえ、どこで博打を？」

「深川には何人か博徒の親分がいるようだ。中でも、ここ数年で伸《の》してきた、唐沢茂《からさわも》兵衛《へえ》という親分の勢いが盛んらしい。お寺の庫裏《くり》で賭場を開いているって話を聞いたことがある。旦那はその賭場に通っていたんじゃねえかな」

「寺ですか」

「そうさ。寺じゃ町方も不用意には踏み込めないからな」

「じゃあ、唐沢茂兵衛という親分が屋敷と別宅を取り上げたってことですかえ」

「そうさ。屋敷はすぐに売り払われた」

「そうだったんですかえ。で、その唐沢茂兵衛親分の賭場はどこにあるんでしょうか」

「俺が知るわけねえだろう。あっ、待てよ。そうそう、八幡さまの近くだと言っていたな。富ヶ岡八幡だ」

「よく、わかりました。それと、『三雲屋』の旦那は元数寄屋町二丁目にある呉服問屋の『大津屋』とつきあいがあったか、わかりますかえ」

徳三はなおもきいた。

「いや。聞いたことはないね。なかったと思うよ。ちょっと遠いしね」

「そうですかえ。どうも、邪魔をしまして」

徳三は頭を下げて、そこから離れた。

あの別宅は深川に巣くっている博徒の親分唐沢茂兵衛が借金の形《かた》に取り上げたものの、売れずにそのままになっているのだ。

唐沢茂兵衛親分と『大津屋』がつながっているとは思えない。だが、峰吉を監禁しようとした三人は、その博徒の手下の可能性がある。

うまい言葉で、『三雲屋』の主人を博打に誘い込み、あげく屋敷と別宅を取り上げてしまった。そんなからくりが想像される。

神田川に出て、和泉《いずみ》橋を渡ろうとして、徳三はちらっと後ろに注意を向けた。やはり、何者かがついて来る。

徳三は和泉橋を渡った。神田川に荷足船《にたりぶね》が上って行く。

徳三は柳原の土手に出た。つけてくるのは浪人だ。それも、ふたり。かなり、迫って来た。

真っ昼間から襲って来るつもりなのか。徳三はわざとひと気のないところに向かった。

土手下には、小屋掛けの古着屋が並んでいる。その小屋掛けが途切れると、ひと気のない寂しい場所に出た。

土を擦《す》る足音が近づいた。徳三は肩から荷を外した。背後の殺気に徳三は横っ飛びに避けた。剣が空を切った。

荷を置き、徳三は長煙管を一本摑んだ。

「おまえさんたち、この前の浪人だな」

徳三は口許に嘲笑《ちょうしょう》を浮かべた。髭《ひげ》もじゃでげじげじ眉毛の大柄な浪人と顎の長い痩せた浪人のふたりだ。

「この前は不覚をとったが、今度こそ、恨みを晴らしてやる」

髭もじゃが八相《はっそう》に構えたまま、目を剝《む》いて言う。

「ずっと根に持っていたのか」

徳三は呆《あき》れた。

「ようやく、おまえを探し出せた。覚悟しろ」

剣を上段に構えた。

「この前はずいぶんよれよれの袴《はかま》を穿《は》いていたが、きょうはずいぶん上等な身なりだな。やはり、おまえたちが火付けの盗賊だったのか」

「なに」

髭もじゃがいきなり上段から斬りつけた。徳三は軽く身を翻《ひるがえ》し、相手の小手を長煙管で打ちつけた。

手が痺《しび》れ、髭もじゃは呆気《あっけ》なく剣を落とした。

「おのれ」

痩せたほうが斬りかかった。徳三は素早く相手の胸元に飛び込み、振り下ろされた相手の手首を摑んで、腰を落として投げ飛ばした。

「やい、あの『玉雲堂』に押し入って番頭を殺したのはおまえたちか」

徳三は手首を押さえて尻込みしている髭もじゃに迫った。

「なんのことだ」

「しらばっくれるな。近くに火を付け、火事のどさくさに紛れて『玉雲堂』に押し入り、番頭を斬り捨て三十両を奪った。覚えがあろう」

年寄りとは思えない鋭い声に相手はすくみ上がった。だが、すぐに虚勢を張り、

「俺たちに恥をかかせた罰だ」

と、吐き捨てた。

「あの番頭はおまえたちに頭を下げて謝っていたではないか。最初から、あそこに押し込むつもりだったのだな」

「黙れ」

髭もじゃは左手で刀を拾ったが、まだ右手は痺れて使えないようだ。

「観念することだな」

徳三が迫ったとき、髭もじゃが痩せた浪人に目をやった。

おやっと思ったとき、痩せた浪人はいきなり逃げ出した。

「待ちやがれ」

徳三は持っていた煙管を投げた。風を切って飛んで行った煙管は浪人の後頭部を見事に打ちつけた。

悲鳴を上げて、痩せた浪人は倒れた。

「動くな」

徳三が髭もじゃに叫んだ。

続けて逃げようとした髭もじゃは、いまの煙管の攻撃を見て、萎縮《いしゅく》したように立ちすくんでいた。

彼方から、ひとが駆けて来た。やがて、近づいて来たのは八丁堀の同心と岡っ引きだ。

どこかで見たことのある若い同心だ。岡っ引きが徳三に向かい、

「どうした、大事ないか」

と、きいた。

「はい。だいじょうぶでございます」

「浪人ふたりが羅宇屋のあとをつけていると、通り掛かりの者が自身番に知らせてくれたのだ」

「さいでございましたか」

そのとき、若い同心が、

「やっ、おまえは武部軍蔵だな」

と、髭もじゃの浪人を見て、叫んだ。

すると、いきなり浪人が破れかぶれのように剣を振りかざした。

同心は十手で剣を弾き、よろけた相手の肩を思いきり打ちつけた。浪人は片膝をついた。同心はすぐに岡っ引きに命じた。

「久助。こ奴を縛れ」

「へい」

久助と呼ばれた岡っ引きが髭もじゃの浪人に縄を打った。

同心が改めて徳三の前にやって来た。

「あっ、おぬしは確か徳三……」

「これは、あのときの」

徳三も思い出した。

「この連中が、あのときの浪人です。もう、ひとりはあっちに」

徳三は指さした。そのほうに目をやった同心はあわてて駆け寄った。

そこに痩せた浪人が倒れていた。

「こいつもあのときの浪人だ」

同心は徳三のそばに戻って来て、

「おぬしが、このふたりを……」

と、目を見張っていた。

「夢中で歯向かっただけです。旦那。こ奴ら、火付け押込みの張本人に間違いありません。さっき自分でも言ってました」

そう言い、投げた煙管を拾い、荷物を背負って、徳三は両国橋のほうに向かった。

待てと、同心が呼んでいたが、徳三の意識は先に向かっていた。


両国橋を渡った徳三は回向院裏の川元朴善のところに寄った。

入口には患者や薬を貰いに来たひとたちで混み合っていた。顔なじみになった助手の女に、徳三は峰吉の容体をきいた。

「予想外の回復を見せております。もう、心配いりませぬ」

「そうですか」

徳三は安堵の胸を撫で下ろした。

「でも、まだ喋《しゃべ》れる状態ではありませぬ。なお、しばらくは時間が必要でしょう」

徳三は頭を下げて、川元朴善宅を離れた。

それから、徳三は竪川の二之橋を渡り、小名木川沿いを東に行き、大横川にぶつかってから南に折れ、石島町にやって来た。

例の別宅の前に立った。果たして、峰吉を監禁した三人の男は茂兵衛の手下なのか。その可能性は強いと思うが……。

深川の地に住み着いて三年。だが、茂兵衛についてはほとんど知識がなかった。まず、茂兵衛の家を知りたい。あるいは、茂兵衛が開く賭場だ。そこに行けば、峰吉を監禁した三人の男に会えるかもしれない。中のひとりは、鼻の頭に大きな黒子《ほくろ》という特徴があるのだ。

いったん、海辺大工町の長屋に戻り、徳三は土間の瓶《かめ》の底に隠してある財布を取り出した。中に五両ある。なけなしの金だが、いまの俺には無用の長物なのだ。

一両だけを残し、四両を懐に、徳三は夕方になって長屋を出た。

徳三は仲町にやって来た。一番の賑やかなところだ。料理屋も遊女屋もあり、賑やかな花町である。三十年前と大きく変わったような気もするし、まったく変わっていないような気もする。

芸者衆の姿がちらほら目に入る。ふとすれ違った芸者が夢路に似ていた。忌《い》まわしい記憶が蘇《よみがえ》り、目眩《めまい》を起こしそうになった。どうにか、足を踏ん張り、倒れずに衝撃をやり過ごした。

年配の人間がやって来ると、つい顔をそむけて行きすぎる。三十年前の事件を覚えているかもしれないからだ。

裏道に入り、一杯呑み屋に入った。

小女《こおんな》に酒を頼み、徳三はちびりちびり呑みはじめた。

そして、追加の酒を頼んだとき、

「唐沢茂兵衛親分の家はどこだかわかるかえ」

と、徳三は小女にきいた。

「名前は聞いたことはありますが、家はわかりません」

小女は否定した。

だが、小女ではなく、背後で呑んでいる遊び人ふうの男に聞かせるのが目的だった。それから、徳利《とつくり》の酒を呑み干し、徳三は立ち上がった。

「姐《ねえ》さん、お愛想」

徳三はわざと財布の中の小判の音をさせた。金を持っているように見せかけるためだ。

外に出たとき、すっかり暗くなっていた。歩きはじめたとき、追って来たのは遊び人ふうの男ではなかった。やはり、あの店にいた印半纏《しるしばんてん》の職人体《てい》の男だった。

「爺さん、唐沢茂兵衛親分の家を探しているようだが、どんな用なんだえ」

男は好奇心に満ちた目できいた。

「へえ。じつは、昔やっていた手慰みの虫がまたぞろ騒ぎだしましてね。茂兵衛親分の賭場が面白いという話を耳にして探しているんです」

「そうかえ。おまえさん、運がいいぜ。じつは、あっしもそこに遊びに行くところなんだ。なんなら、一緒に行くかえ」

ひとの良さそうな職人は上機嫌で歩きはじめた。

さっきの小判の触れ合う音が利いているのか。おこぼれにありつけるかもしれないと期待したのか。

職人が連れて行ったのは三十三間堂からさらに仙台堀を渡ったところにある寺だった。

ひっそりした境内に入る。

「ほんとうに、こんなところで賭場が開かれているんですかえ」

徳三は怪しんできいた。

「そうよ。こっちだ」

庫裏のほうではなかった。

本堂の裏手にまわる。そこに、見張りの男がいた。

「遊ばせていただきますぜ」

男は見張りに声をかけた。見張りの男は、徳三に鋭い一瞥《いちべつ》をくれたが、年寄りだと思って安心したのか、そのまま素通り出来た。

戸を開けると、梯子段《はしごだん》があり、地下に向かう。本堂の下だ。大広間があり、百目蠟《ひゃくめろう》燭《そく》がたくさんのひと影を浮かび上がらせていた。

盆茣蓙《ぼんござ》の中央に、諸肌《もろはだ》脱ぎで壺振《つぼふ》りが座り、客が周囲を囲んでいる。

「爺さん。やらねえのか」

職人が声をかける。

「へえ、少し様子を見てから」

「じゃあ、俺は札に替えて来る」

職人は帳場格子の前にいる男のところに向かった。

手下がところどころに立ち、不審な客を監視している。徳三は隣の部屋に行った。客が休憩する部屋だ。

茂兵衛の手下が世話を焼いている。奥には、手下が固まっていた。はまだ見つからなかった。

「客人。どうぞ」

若い男が煙草盆《たばこぼん》を置いた。

「すまねえ」

仕方なく、その場に腰をおろした。

ときたま、客が入れ替わって、盆莫蓙の前にいた客がこっちの部屋にやって来る。

煙草入れを取り出し、煙管に刻みを詰める。

ふと、射るような視線を感じた。さりげなく、目を向けると、さっと引っ込んだ顔があった。

火を付けて、煙草をすった。例の三人組のような気がした。

しばらくして、さっきの若い男が近寄って来た。

「客人。ちょっと、お顔を貸していただけますかえ」

有無を言わさぬ言い方だった。

「あっしにですかえ」

徳三はわざとゆったりと煙草をすう。

「へえ、客人にお会いしたいというお方がいらっしゃるんですよ」

「そうですかえ」

灰吹に煙管を叩き、徳三は立ち上がった。

やはり、例の三人組はここにいたのかと、徳三は奮《ふる》い立った。

男のあとについて、徳三は奥の部屋に行った。その部屋の前に、数人のいかつい顔をした連中が立っていた。

「こちらです」

男は襖を開けて言った。

「どうぞ、中へ」

そこに、四十絡みの渋い顔だちの男がいた。

「爺さん。よく来たな。まあ、座れ」

男が落ち着いた口調で言う。

「おまえさんが、貸元の唐沢茂兵衛親分ですかえ」

徳三は鋭い目をむけた。

「いかにも、茂兵衛だ。爺さん、いってえ、ここに何しに来たんだね」

茂兵衛は野太い声できいた。

「そりゃ、皆さま方と同じですよ。遊ばせていただこうと思いましてね」

「そうは見えなかったが」

茂兵衛は口許を歪めた。

「親分さん。あっしをここに呼んだわけを教えていただけませんかえ」

「だから、おまえが何を探りに来たのか知りたかったのよ。いくら、おまえが客だと言い張っても、俺の目は節穴じゃねえ。手慰みを楽しみに来た者じゃねえことはわかるんだ。それに、おまえの面構え。ただの爺いじゃねえ」

これだけの賭場を取り仕切るだけあって、茂兵衛の眼光にはひとを威圧し、封じ込めてしまうだけの力が漲《みなぎ》っていた。

「さぞかし、昔は鳴らした親分さんじゃねえのか」

「それは買いかぶりってものです」

徳三は苦笑した。

「いや、幾多の修羅場《しゅらば》をくぐり抜けて来た者にしかねえ凄味がある。いくら歳をとったとて、そいつは隠せねえ。それに、おまえの狼《おおかみ》のような目は隠居した人間のものじゃねえ。なによりも、俺たちの前で、おまえはまったくびびっちゃいねえ。よほど、肝《きも》が据わっているに違いねえ。どうでえ」

茂兵衛はぐっと身を乗り出した。

「さすが、親分さんだ。あっしの負けです。こうなりゃ、何もかも正直にお話ししなければなりますまい」

徳三は居直ったようにふうっと肩の力を抜いた。

「よし、話してもらおうか。誰に頼まれて、やって来たんだ？」

「あっしは堅気《かたぎ》の人間ですぜ。そんなつもりは毛頭ありません」

「賭場の様子を探りに来たんじゃねえと言うのか」

「そうです。あっしは、あることを確かめにやって来たんです」

徳三は居住まいを正して、

「親分は、元数寄屋町二丁目にある呉服問屋の『大津屋』とは関わりはありますかえ」

と、きいた。

「『大津屋』だと？　いや、知らねえな」

疑い深く、徳三は相手の目を見た。

「まことで？」

「なぜ、そんなことをきくのだ？」

茂兵衛は真剣な眼差《まなざ》しできいた。

おやっと、徳三は戸惑《とまど》いを覚えた。とぼけている様子はなかったのだ。

「じつは、あっしの知り合いが、三人の男に石島町の『三雲屋』の別宅だった屋敷の土蔵に監禁されたんですよ。その三人を探しているんです。聞けば、あの別宅は今は、親分のものだというので……」

「なるほど。その三人が俺の手下かもしれないと睨んだのか」

「そういうことです。中のひとりは鼻の頭に大きな黒子がありやした」

「おい。誰か、そんな奴に心当たりあるか」

茂兵衛はそばにいる手下に声をかけた。代貸しに違いない。

「いえ、そんな奴、うちにはいませんぜ」

代貸しが答えた。

ほんとうのことであっても、まずはとぼけるだろうから、素直に信じることは出来ない。だが、不思議なことに、ほんとうのことを言っているように思えるのだ。

「いま、聞いたとおりだ。うちの奴らで、そんな真似をした者はいない。信じるか信じねえかは、おまえの勝手だ」

「いや、信じますぜ」

徳三は答えた。

「ほう、信じるのか」

茂兵衛は意外そうに言う。

「へえ、親分さんになんの駆け引きもねえですからねえ」

「そうか。じつは、正直言うと、俺はおまえの貫禄《かんろく》の前に圧倒されているのよ。おまえから見れば、俺なんぞはまだまだ駆出しだぜ」

茂兵衛は自嘲気味に呟《つぶや》く。

「とんでもねえ。あっしなんぞ親分の風格の足元にも及びませんぜ」

そう言ってから、徳三はきいた。

「最後にもうひとつお聞かせください。朝次郎って男をご存じですかえ」

「朝次郎？」

「へえ、かみさんが常磐町で呑み屋をやっています」

代貸しが茂兵衛に耳打ちした。

「例の……」

「うむ。あの男か」

茂兵衛が頷《うなず》く。

「よく、うちの賭場に出入りをしていた。何十両という負け金が払えず、簀《す》巻《ま》きにして大川に放り込んでやれという段になって、やっと金を払ったことがあった」

「それはいつごろのことですかね」

「半年ぐらい前だったな。それから賭場には顔を出さなくなった」

「そうですかえ。そんなことがあったんですかえ。そうそう、朝次郎の女房の弟に吉松って男がいるんだが、知っていますかえ」

「いや、知らねえな」

茂兵衛は否定し、代貸しも首を横に振った。

「そうですかえ。わかりやした。これで、あっしも納得して帰ることが出来ます」

徳三が帰り支度をはじめると、茂兵衛が呟くように言った。

「いってえ、石島町の屋敷を誰が勝手に使っていやがるんだ」

「流れ者が勝手に入り込んでいるのかもしれません。明日にでも、様子を見てきます」

手下が言う。

「そうしてもらおうか」

そう言い、茂兵衛も立ち上がった。

さっきの職人が真剣な表情で賽《さい》の目を読んでいた。徳三は、賭場を後にして、本堂の外に出た。

さらに山門を出てから、徳三は大きくため息をついた。

またも、追及は外れた。

ただ、朝次郎が賭場に出入りをし、何十両という負け金があったのを、簀巻きにして大川に放り込まれそうという段になって、一遍に返済したという。それが半年前のことだったとしても気になった。

しかし、この先、自分ひとりでの探索には限界があると思わざるを得なかった。

三

翌朝、剣一郎は海辺大工町の長屋に徳三を訪ねた。

昨夜、何度か訪れたが、そのたびに留守で、最後に五つ（午後八時）過ぎに訪れたが、まだ帰ってなく、諦めて引き上げたのだった。

長屋の住人の何人かは仕事に出かけるところだったが、徳三は家にいた。

「邪魔をする」

剣一郎は腰高障子を開け、土間に入った。

徳三はまだ寝ていた。

「青柳さま」

あわてて、徳三は起き上がった。

「寝ていたのか。だったら、出直そう」

剣一郎は引き上げかけた。

「いえ、目は覚ましておりました。少々、お待ちください」

徳三はあわててふとんを畳み、枕屏風《まくらびょうぶ》の陰に片づけた。

「どうも、歳をとると、疲れがなかなかとれません」

徳三は自嘲気味に言う。

「ゆうべは遅かったようだな」

大刀を腰から外し、剣一郎は上がり框《がまち》に腰をおろした。

「いらっしゃったんでございますか。申し訳ございませんでした」

徳三はすまなそうに頭を下げた。

「いろいろ、調べ歩いているようだな」

剣一郎が言うと、徳三は微《かす》かにうろたえた。

「徳三。もうそろそろほんとうのことを話してもいいのではないか。この部屋に、峰吉が厄介になったことも、それから、ここからそなたの付き添いで、峰吉が回向院境内に向かったことも間違いあるまい」

「へい、仰るとおりでございます」

「話してくれる気になってくれたか」

「へえ。もはや、あっしひとりの手には余ります。ここらで、青柳さまのお手を煩《わずら》わせるべきではないかと、薄々感じておりました」

「そうか」

剣一郎は頷きながら、

「では、話してもらおう」

「承知いたしました」

剣一郎は聞き耳を立てた。

「はじめて、峰吉さんに出会ったのは、あの火事の晩でした。もう、夜の五つ（八時）になろうかという時間でしたが、あっしが長屋に帰る途中、仙台堀の上之橋ですれ違ったのでございます。そのとき、峰吉さんは懐に包丁を隠し持っていることがわかりました。殺気だった様子でした」

『大津屋』に行ったのかもしれないと思った。しかし、町方が警戒していて、近づけなかったのだろう。

「二度目に会ったのが、翌日の夜です。近くの一膳飯屋で飯を食べての帰り、三人の人相のよくない男に囲まれるようにして峰吉さんが歩いて来ました。すれ違うとき、峰吉さんが助けを求めるような目を私に向けたのです。で、気になって、こっそりあとをつけました」

徳三は静かに続ける。

「三人は、石島町のどなたかの別宅のような屋敷に、峰吉さんを連れ込み、土蔵に閉じ込めたのです。それで、あっしが連中の隙を窺って、峰吉さんを助け出したってわけです」

当然、見張りの男はいたはずだ。その男の目を掠《かす》めて助け出したような言い方だが、実際は男たちを叩きのめしたのではないか。

しかし、剣一郎はあえてそこまではきかなかった。

「それから、峰吉さんをここに連れて来ました。峰吉さんは奴らにやられて怪我をしていました。でも、行かなきゃならねえところがあると、殺気だって言うのです。わけを訊ねると、『大津屋』に恨みを晴らしに行くと。それを引き止め、わけをきくと、いろいろ話してくれました」

峰吉からおちかとの因縁を聞いた話をし、徳三はさらに続けた。

「『大津屋』に乗り込む愚かさを説いて、ようやく峰吉さんは復讐を諦めてくれたんです。無事にお勤めを済まし、新たに出直すと約束してくれました。それで、あっしが付き添い、回向院に行ったのです。まさか、あんなところで殺し屋が待っていようとは……」

徳三は自分の落ち度であるかのように唇をかみしめた。

「いったい、峰吉を監禁したり、殺そうとしたり、誰の仕業なのか、峰吉には心当たりはあったのか」

「監禁したのは、刻限までに回向院に戻さないためだと思われます。そうすれば、峰吉さんは間違いなく死罪になるはずですから」

「『大津屋』の仕業と考えたのだな。それで、用心棒をしていた半蔵を訪ねたというわけか」

徳三は驚いて顔を上げた。

「ご存じでしたか。仰るとおりでございます。最初は、半蔵の仕業だと思いました。『大津屋』の大旦那か若旦那に頼まれ、峰吉さんを監禁したものの失敗に終わったので、回向院境内で待ち伏せするという大胆な行動に打って出たと思いました。でも、半蔵じゃありませんでした」

「監禁された土蔵はどこの屋敷のものだ?」

「神田佐久間町にある骨董屋の『三雲屋』の別宅です。ただ、いまは博打の形にとられ、博徒の唐沢茂兵衛の持ち物になってました。じつは、昨夜は茂兵衛の賭場に行って来ました。貸元の茂兵衛はなかなかの人物でして、事件とは関係していないと確信しました。お恥ずかしい話ですが、そこであっしの探索は頓挫《とんざ》です」

徳三は大きく息を吐き、

「ですから、あっしも青柳さまにあとを委《ゆだ》ねようと思っていたところでした」

「そうか。しかし、よく、そこまで調べた」

「いえ……」

「私も半蔵に会った。そしたら、そなたがやって来たことを話してくれたのだ」

「そうでございましたか」

「じつはな、半蔵が大事なことを思い出してくれたのだ」

「大事なこと？」

「そうだ。火事があった翌日の昼過ぎ、『大津屋』に朝次郎が訪れていたことがわかった。大旦那と若旦那と客間に入って話し込んでいたらしい」

「なんですって。朝次郎が……」

「そうだ。おそらく、峰吉のことを教えに行ったのではないか。もちろん、金目当てだ」

「あっ」

徳三は短く叫んだ。

「青柳さま。切り放しのあと、峰吉は吉松の誘いでいっしょに姉のところに行ったそうです。そして、朝次郎が案内してくれた家で一晩過ごしたといいます。翌日、吉松は朝次郎に呼ばれて出て行ったまま、夜になっても戻ってこなかった。峰吉もまた、訪ねて来た三人組に監禁されたのです」

「吉松から峰吉と『大津屋』の関係を聞いて、朝次郎は金になると踏んだのではないか」

「それに間違いありませぬ。そうそう、朝次郎も一時は茂兵衛の賭場に出入りをしていたそうです。そこで大負けをし、何十両という借金を作った。簀巻きにされ、大川に放り込まれそうになって、やっと払ったってことです。それが半年前だということです」

「半年前か」

「ええ、いずれにしろ、朝次郎は金のためならなんでもやったんじゃないでしょうか。朝次郎なら、石島町の別宅が空き家であることを知っていたと思われます」

「朝次郎の周辺に三人組がいるのだな」

だが、証拠はない。『大津屋』を朝次郎が訪ねた件も、両者が否定すれば追及は難しい。空き家となっている別宅の件も、知らないととぼけられたらおしまいだ。

ことに、朝次郎は博打の負け金をとっくに返済しているのだ。これが、負け金の返済のために四苦八苦しているのなら、金目当てという動機も考えられるが、現在の朝次郎は金銭面での危機にはないようだ。

もちろん、金はいくらあっても邪魔になるものではない。だからといって、危険な真似をしてまで金を得ようと考えるだろうか。

「朝次郎は、我々が気づかない理由で、まとまった金が必要だった可能性がある。なんのために必要な金だったのか。その辺りも調べてみなければならぬな」

「青柳さま。どうか、あっしにお手伝いをさせてください。このとおりです」

「監禁した三人の男の顔を見ているのはそなただけだ。その者たちを探すのに手を貸してもらおう。ただし、無茶はするな」

「へい」

「おそらく、その三人と朝次郎はつながっていようが、用心をしてほとぼりが冷めるまで、連絡を取り合わない可能性がある。そなただけが頼りだ」

「恐れ入ります」

「何かあれば、川元朴善のところにいる町方の者に言づけておいてもらおう。また、私のほうに用があれば、またここを訪ねよう」

「わかりました」

「ところで、徳三。そなたは、なぜ、私に一切を話す気になった?」

剣一郎は鋭いながら静かな口調できいた。

「私ひとりの手に余るとわかったからです」

「いや、では、こうきこう。いままでなぜ、隠して独りで動いていたのだ?」

「まだ、自分の勝手な考えだけでしかなかったものですから」

「徳三。私の目を節穴だと思うか」

「えっ」

「峰吉が命を落としたら、そなたは峰吉に代わって復讐しようと決めていたのではないか」

「いえ、それは……」

「きのう、そなたは川元朴善のところに行き、峰吉の容体を聞いた。峠を越えたとの知らせに、そなたの復讐心が鎮《しず》まった。違うか」

「…………」

「違うなら、それでよい」

剣一郎は立ち上がり、

「それから、例の火付けの浪人の捕縛には礼を言う。今日中にも小伝馬町の牢送りになろう。只野平四郎、あのときの若い同心だが、定町廻りになっての初手柄だ。そなたのおかげだ。平四郎からも礼を伝えて欲しいと頼まれた。このとおりだ」

剣一郎は畏まって頭を下げた。

「青柳さま。そんな真似をされちゃ、困ります。どうぞ、頭をお上げなすって」

徳三は恐縮したように言う。

剣一郎は礼のことだけで頭を下げたのではない。旗田蔦三郎のこの三十年間に対して敬意を表したかったのだ。

若い頃の残虐な性格が、その後の三十年間ですっかり変わっていた。それは、生きてきた証の顔つきでわかる。その間の筆舌《ひつぜつ》に尽くしがたい苦難の道を乗り越えて現在に至っていることを素直に讃えてやりたかった。

もちろん、三十年前の事件の関係者はまだ生きている。ことに、蔦三郎に斬られた旗本の吉池又一郎には、又一郎に代わって吉池家の跡を継いだ弟が健在だ。

もし、蔦三郎が生きていると知ったら、縁者は仇討ちを考えるだろう。命は助かったものの、片腕が利かなくなった者もいるときいている。
そういった者たちから見れば、剣一郎が徳三に敬意を表する姿は納得いかないであろう。そのことを理解しつつも、いまの徳三を剣一郎は認めてやりたいと思うのだ。

その日の昼過ぎ、剣一郎が回向院境内で待っていると、植村京之進がやって来た。

「青柳さま。遅くなりました」

京之進が恐縮して言う。

「いや。急に呼び立てた私のほうが悪い。じつは、そなたにいままで言わなかったが、羅宇屋の徳三という男がいる」

剣一郎は徳三のことから切り出し、徳三と話し合ったことを、洗いざらい京之進に語って聞かせた。

目を見張って聞いていた京之進は話が終わると、

「やはり、朝次郎ですか」

と顔を歪め、闘志を剝《む》き出しにした。

「何かわかったのか」

「はい。朝次郎の住まい周辺を聞き込みし、峰吉と吉松が一時潜んだ家がわかりました。その家に、姉のお元が入って行くのが目撃されていました」

「その家は？」

「海辺大工町です」

「うむ。間違いない」

峰吉から聞いた話として、徳三もその家のことを言っていた。

「で、その家は誰の住まいなのだ？」

「お元の店の常連客で、太物問屋の隠居の家だそうです。あの火事のあった数日前から、お元に留守を頼んで、お伊勢参りに出発したとのこと。まだ、帰って来ていません」

「そうか。その家を、吉松らに使わせたというわけだな」

「はい。しかし、吉松が勝手に入り込んだに違いないと、朝次郎もお元も否定しています。証拠もなく、それ以上は問いつめられませんでした」

京之進はいまいましげに言ったあとで、

「『大津屋』に乗り込んだ件を持ち出し、ふたりを問いつめてみましょうか」

と、意気込んだ。

「いや。いい訳をされたら、それ以上は突っ込めなくなる。もう少し、証拠を固めてからだ」

「はい」

「それより、朝次郎は博打でだいぶ借金があったようだ。その借金を半年前に返済している。その金がどこから出ているのか、念のために調べてもらいたい」

「畏まりました」

「それから、峰吉が危機から脱した。私はこのことを朝次郎に伝える。場合によっては、敵が再び峰吉を襲わないとも限らない。警戒を強めてもらいたい」

「わかりました。すぐ、手配をいたします」

京之進が去って行ったあと、剣一郎は再び、二之橋を渡り、南六間堀町の朝次郎の家に向かった。

朝次郎はまだ、家にいた。

土間に立つと、迷惑そうな表情を隠して、朝次郎が出て来た。

「旦那。きょうはなんでしょうか。これから出かけなきゃならねえんですが」

「すぐ、済む」

剣一郎は言い、

「ちらっと耳にしたのだが、唐沢茂兵衛の賭場に出入りをしていたそうだな」

「へえ」

朝次郎は顔をしかめた。

「大負けをして、だいぶ借金をしたそうだが？」

「へえ。もう、すっかり懲《こ》りて、あれから一切博打には手を出していません」

「そうか。それはよかった。ところで、その負け金はいくらだったのだ？」

「三十両ほどで」

「三十両か。その金を半年前に返済したそうだな」

「へい。どうにか」

「どうやって工面したのだ？」

「お元に泣きついたんです。なけなしの金を叩《はた》いてくれました。おかげで、うちの蓄《たくわ》えはすっかりなくなってしまいました」

「そうか。ところで、吉松はなぜ、質屋に押し入ったのだ？」

吉松は相生町一丁目にある『双子屋』という質屋に押し入り、主人と番頭を殺し、五十両を奪ったのである。一ヵ月ほど前のことだ。

「吉松も博打に手を出して借金があったのと、吉原で豪遊したかったんでしょう。金を使い果たしたあと、あっしに打ち明けてきたので、自首を勧めたんですよ」

きかぬうちから、自分が自首を勧めたと朝次郎は言い出した。

「旦那。そろそろ、行かなくてはならねえんで」

「わかった。邪魔した」

剣一郎は、あえて『大津屋』へ行ったことに触れなかった。

戸口に向かいかけて、剣一郎は引き返した。

「言い忘れていた。治療中の峰吉は一命を取り留めた。もう、心配はないという医者の話だ」

背中に射るような視線を感じながら、剣一郎は戸を開けて外に出た。


その夜、八丁堀の組屋敷に、只野平四郎が訪れた。

庭に面した部屋で、剣一郎は平四郎に酒を振る舞った。

「平四郎。よくやった。見事である」

武部軍蔵らふたりを火付けと押込みの疑いで捕らえ、小伝馬町に送ったのだ。

「いえ、実際に捕まえたのは、徳三という年寄りです」

平四郎は決まり悪そうに言う。

「いや。そうではない。確かに、あのふたりは徳三に意趣返しをして不覚をとったのだろうが、そもそもあのふたりが火付けと押込みをしたことを突き止めたのはそなただ。誇ってよいことだ」

「ありがとうございます」

平四郎は笑顔を浮かべた。

「さあ、平四郎どの」

多恵が酒を勧めた。

「恐縮にございます」

酒を呑んでから、

「青柳さま。あの徳三は何者なのでしょうか。浪人ふたりに襲われても怯《ひる》むことはなく、たちどころにやっつけてしまいました。武術の心得があるところを見ると、元は武士だったのではないかと思われますが」

と、平四郎は興味深そうにきいた。

「そうかもしれぬな。だが、とうに武士をやめているはずだ。まあ、他人の過去を詮索してもはじまらぬ」

「はい」

平四郎は素直に頷いた。

それから、四半刻（三十分）ほどして、平四郎は引き上げて行った。

「平四郎どのも張り切っておられますね。とても頼もしくなったような気がいたします」

「このたびの件は自信になったであろう。徳三の手を借りた部分もあったが、平四郎が捕まえたことに変わりはない」

「まことに、ようございました」

亡くなった父親も喜んでいるだろう、と剣一郎は思った。平四郎の父は、いくつもの手柄を上げた定町廻り同心だった。

ふと、離れから笑い声が聞こえた。珍しく、剣之助の笑い声だった。

しばらく剣之助ともゆっくり語り合っていないな、と剣一郎は離れのほうを気にした。

「寂しいですか」

多恵がきいた。

「別に」

剣一郎は強がりを言った。が、多恵は微苦笑した。心の中を読まれている。剣一郎はあわてて顔をそむけた。

四

翌朝、徳三は羅宇屋の荷を背負って長屋を出た。荷は背負っているものの、いまは商売をまったくしていない。それでも荷を背負うのは偽装のためだ。妙な動きをして、へたに勘繰られないためだ。

いまの目的は、峰吉を監禁した三人組を見つけることだった。青痣与力が言っていたように、朝次郎たちは用心をしているだろうから、ほとぼりが冷めるまでは三人の男と接触しないはずだ。

それは、すなわち『大津屋』から出た謝礼の分配が済んでいるということだ。それがまだであれば、両者が接触する可能性はあるが、そのことは期待しないほうがいい。

きのう、深川方面を歩いたが、三人組に会うことはなかった。深川方面ではないと思った。すると、本所かもしれない。

徳三は高橋を渡り、弥勒寺前を通り、二之橋を渡って本所にやって来た。

まず回向院裏の川元朴善のところに行った。入口に、奉行所の小者が立っていた。

裏手にも、小者の姿があった。

青痣与力の配慮に違いないと思った。殺しに失敗した朝次郎の仲間がもう一度、襲うかもしれない。その用心であろうか。

その警戒をみても、峰吉が回復に向かっていると思い、徳三はその場から離れた。

三人組が隠れ住んでいるとしたら、どこか。やはり、盛り場か。そう思い、亀戸天満宮に足を向けた。

武家地を抜けて、横川に出た。法恩寺橋を渡り、さらに東に向かう。徳三は目を周囲に這わす。

遊び人ふうの男が前を歩いていれば、前にまわって顔を覗き、遠くに姿が見えれば、足早に近づいた。だが、目当ての男ではなかった。

やがて、亀戸天満宮にやって来た。

峰吉といっしょに切り放しになった吉松のことを思い出した。吉松がおふくという女と心中した家はこの近くだ。

吉松は女に溺れて、刻限に帰るのを忘れたのか。あげくの果てに死を選んだとしたら、どうしても割りが合わないと、吉松のために憤慨した。

誘惑に負けなければ、やがて罪一等を減じられたのではないか。もっとも、吉松は死罪は免れない罪を犯していた。だから、罪一等を減じられても遠島だ。だったら、死んだも同然だと考えたのかもしれない。

意識を回復し、吉松のことを知ったら、峰吉はさぞかし驚くことだろう。

吉松のことに思いを向けながら、徳三は亀戸天満宮から、萩寺《はぎでら》ともいわれる萩で有名な龍眼寺《りゅうげんじ》に行き、柳島《やなぎしま》の妙見堂《みょうけんどう》まで行った。

ひと出は多いが、目指す三人組には出食わしそうにもなかった。

さらに、小梅《こうめ》村から向島の秋葉《あきば》神社まで足を延ばし、長命寺《ちょうめいじ》にまわって、徳三は吾妻《あずま》橋のほうに戻って来た。

再び、武家地に入った。北割下水から南割下水に差しかかったとき、目の前の屋敷から中間ふうの男が出て来た。

妙に崩れた感じの男だ。地べたに唾《つば》を吐き、すれ違った徳三を睨みつけた。主人の前ではちゃんとしているのだろうが、ひとりになれば本性を現すということか。

渡り中間であろう。武士の家計が困窮し、家来や奉公人を常に召し抱えておくことが出来なくなり、臨時雇いの奉公人が増えて来ている。

その中間が去ってから、徳三は立ち止まった。そして、振り返って、中間のあとを目で追った。

「渡り奉公……」

そうだ。あの三人組は渡り奉公で生活している者たちではないか。

この発見に、徳三は勇躍した。

あの三人組はそれぞれどこかの武家屋敷に奉公しているのだ。武家屋敷の中間部屋で、のほほんと暮らしているのに違いない。

この本所に、口入れ屋がいくつかある。その中で、武家奉公人を主に斡旋《あっせん》している口入れ屋を探すことにした。

その口入れ屋は、横網町《よこあみちょう》にあった。

徳三はその店の暖簾をくぐった。

帳場格子の前に向かうと、偏屈そうな顔をした亭主が胡乱《うろん》な目つきで徳三を見つめた。

「仕事を探しているのですか」

男が先にきいた。

「そうじゃありません。ちと、ひとを探しているです。こちらの世話で、どこかのお屋敷に奉公に上がったんじゃねえかと思うのですが」

「それで？」

「どこにいるか教えていただきたいのです。顔の特徴は鼻の頭に大きな黒子があります。歳の頃なら……」

「教えられませんな」

亭主は冷たく突き放した。

「お願いです。どうしても、探し出したいのです」

「確かに、そのような特徴の男に、ある武家屋敷を世話しました。しかし、そのようなことを教えるわけにはいかない。どうぞ、お引き取りを」

「そこをなんとか」

「だめですな」

「大事なことなんです」

「なにもおまえさんだから教えないんじゃない。たとえ、奉行所からの命令であっても、客の秘密は守らねばなりませぬからな」

「奉行所の頼みでも教えないということですかえ」

「そうです」

「そうですか。では、仮に、青痣与力がじきじき頼んでも、だめだというのですね」

「当たり前だ。さあ、お帰り願いましょう」

「じゃあ、また、出直します」

憤然と、徳三は口入れ屋を出た。

とぼとぼと歩いていて、川元朴善の家の前に出た。青痣与力を思い出し、見張りに立っている小者に近づき、

「徳三と申します。青柳さまに連絡をとりたいのですが」

と、申し入れた。

「青柳さまですね。ちょっとお待ちください」

小者がもうひとりの仲間に声をかけたとき、同心が近づいて来た。

小者がその同心を見つけて駆け寄り、

「植村さま。徳三というひとが青柳さまに連絡をとりたいとのことです。これから、誰かを奉行所まで走らせるところです」

徳三は聞きとがめ、

「青柳さまはお奉行所でございますか。そこまで使いの方を走らせるわけには参りませぬ。また、明日にでも」

と、その小者に訴えた。

「そなたが徳三か」

同心がこっちに顔を向けた。

「へい。徳三にございます」

「私は定町廻りの植村京之進だ。そなたのことは青柳さまからきいている。青柳さまに何か用か。なんなら、私から言づけておいてもよいが」

「じつは、峰吉を監禁した三人組の行方のことで」

「なに、わかったのか」

「まだ、しかとは決めつけられませぬが、じつは渡り中間としてどこかの屋敷に入り込んでいるのではないかと思ったのです」

徳三は口入れ屋の件を話した。

「なに、奉行所がきても教えぬだと。よし、すまぬが、そこに案内してくれ」

「承知しました」

徳三はすぐに横網町の口入れ屋に向かった。

「ここです」

徳三が言うと、植村京之進は徳三に先に入るように言った。

徳三が暖簾をくぐると、先ほどの亭主が、

「また、おまえさんか。何度来たって……」

と言いかけて、目を開いたまま徳三の肩越しを見つめていた。

「旦那。どうも」

亭主は小さくなっている。

「さっそくだが、何か奉行所の人間がきいても、答えられないということだが、そのわけをきかせてもらおうかと思ってな」

「いえ、それは……」

亭主はしどろもどろになっている。

「ひょっとして、何か後ろ暗いところでもあるのではないかと来てみたのだ」

「旦那、ご冗談でしょう」

亭主はあわてた。

「そんなことはないのだな」

「もちろんでございます」

徳三は亭主の前に出て、

「先ほど訊ねたことですが、どうか教えていただけますかえ。鼻の頭に大きな黒子のある男のことです」

と、迫った。

亭主はちらっと京之進に一瞥《いちべつ》をくれてから、わざとらしく台帳をめくった。

「鼻の頭に大きな黒子があるのは、五郎太《ごろうた》という男だ。この男は石原町にある旗本近《ちか》松与右衛門《まつよえもん》さまのお屋敷に中間として奉公しておる」

「石原町にある旗本近松与右衛門さまですね」

「そうだ」

「この五郎太に仲間がいるんですが、ここにはいっしょに来たことはありますかえ」

「いや、ない」

「そうですかえ。わかりました」

「亭主。五郎太によけいなことを告げ口するのではないぞ。よいな」

京之進が強く言い置いた。

「わかっております」

店の外に出てから、

「旦那。あっしはこれから近松与右衛門の屋敷を張り、五郎太があのときの男かどうかを確かめてきやす」

と、京之進に伝えた。

「屋敷はわかるか」

「近くの辻番所できいてみます。なんとかなるでしょう。どうか、そのことを青柳の旦那に」

「あいわかった」

徳三は京之進と別れ、大川沿いを石原町に向かった。

片側に武家屋敷が続き、辻番所の前を過ぎ、石原町にやって来た。

石原町の近くにある辻番所に行き、辻番の中年の男に訊ねた。

「旗本の近松与右衛門さまのお屋敷はどちらかわかりますでしょうか。じつは、ご家来に修理を頼まれた煙管をお届けに上がりました」

「知らぬな。この奥ではないのか」

辻番は町並みのほうを指さした。

「さいでございますか」

徳三は礼を言い、そのほうに歩きだした。町並みが切れると、再び武家地になった。新たな辻番所を見つけ、徳三は近づいた。

「旗本の近松与右衛門さまのお屋敷はどちらかわかりますでしょうか。じつは、ご家来に修理を頼まれた煙管をお届けに上がりました」

年配の番人にさっきと同じことを言う。

「近松さまならこの先だ」

辻番は指を差した。

徳三は教わった方角に向かった。やがて、片番所付きの長屋門が出て来た。二百石か三百石の旗本のようだ。

物見窓には門番の姿もない。静かだ。徳三は門の前を行きすぎてから、途中で引き返す。屋敷の前は通りを挟んで町家である。

見張りに適した場所を探しながら、再び屋敷の前にやって来た。やはり、さっき見かけた荒物屋の脇の路地に決めた。きょうはそこで、夜遅くまで、五郎太が出て来るのを待つつもりだった。

夕方になって、潜り木戸が開いて、誰かが出て来た。だが、五郎太ではなかった。

腰に刀を差していて、若党らしい。

半刻（一時間）後に、その男が戻って来た。

それから、潜り木戸が開くことはなかった。徳三は路地の暗がりに身を寄せ、門を見張った。

五つ（午後八時）を過ぎてから、潜り木戸が開いた。誰かが出て来た。暗くて顔がわからない。が、中間のようだ。五郎太に違いない。

徳三は五郎太のあとをつけた。五郎太は横川に向かった。さらに法恩寺橋を渡り、亀戸天満宮にやって来た。

そして、天満宮の裏手に向かった。暗がりの中に、明かりが灯っている呑み屋があった。入口の横にある柳がなまめかしい。五郎太はそこに入って行った。

しばらくして、二階の窓が開いて、五郎太が顔を覗かせた。徳三は二階を見上げ、覚えず声を発しそうになった。

五

翌朝、剣一郎は海辺大工町に徳三を訪ねた。

腰高障子を開けると、徳三が待っていたように、

「あっ、青柳さま」

と、土間に駆け寄った。

「京之進から聞いた。五郎太という男のことを調べているそうだの」

「はい。間違いありません。五郎太の顔を確かめました。峰吉を監禁した男に間違いありません」

「そうか、よくやった」

「あとのふたりを探します」

「よし」

剣一郎は徳三とともに本所に向かった。二之橋を渡り、回向院裏の川元朴善の家にやって来た。

「青柳さま。峰吉が意識を取り戻し、少しくらいなら話が出来るとのことです」

小者が朴善の言葉を伝えた。

「よし。そなたも参れ」

剣一郎は徳三を誘った。

「よろしいので」

「構わぬ」

剣一郎は朴善の家の離れに行き、はじめて峰吉と対面した。まだ、長くは話が出来ませんと、朴善から注意を受けてのことだった。

「青柳さまで」

峰吉は剣一郎の左頰の痣を見た。

「そうだ。もう、心配はいらぬ」

剣一郎は声をかけた。

「峰吉さん。あっしだ」

「あっ、徳三さん」

峰吉は笑みを浮かべた。が、まだ痛みがあるのか、すぐ顔をしかめた。

「そなたは、自分を刺した男の顔を覚えているか」

剣一郎が顔を覗き込んできいた。

目を天井に向けたまま、峰吉は考えていた。

刺されたときの衝撃が蘇ったのか、峰吉はあっと声を上げた。

「はい。私を監禁した三人組のひとりです。私を刺したのは」

「何か特徴は?」

「鼻の頭に黒子がありました」

「なに、黒子が?」

剣一郎は徳三と顔を見合わせた。

「その男を、いままで見たことはないんだな」

剣一郎は確かめた。

「ありません」

ふと、峰吉は思い出したように、

「吉松はどうしていますか？　刻限に間に合ったんでしょうね」

「峰吉、心して聞け。吉松は死んだ」

剣一郎ははっきり告げた。

「死んだ？」

「女のために刻限に帰れず、あげく女と心中した」

「そんなばかな……」

峰吉が力のない声で叫ぶ。

「吉松は押込みをし、ひとをふたりも殺した人間とは思えませんでした。お調子者ですが、根はやさしい親切な男でした。自分で死ぬなんて信じられない」

峰吉は熱に浮かされたように夢中で言う。

「吉松は死ぬことを恐れていたのです。そんな男が自ら死ぬなんて……。吉松は誰かに殺されたんじゃありませんか」

「なぜ、吉松は殺されたと思うのだ？」

「吉松が自分から死ぬなんて考えられないからです。ほんとうは死罪になることを怖がっていたんです。あっしは、吉松がほんとうに質屋に押込んだのか、疑わしいと思っていました」

「どういうことだ？」

「吉松は誰かの身代わりで、自首したのではないかって思えてならねえんです」

「そのことを確かめたことがあるか」

「いえ。でも、吉松にはそんな凶暴なところはありませんでした」

「身代わりになったとしたら、誰の身代わりだ？」

吉松が身代わりになるとしたら、姉のお元しかいない。お元が押込みをしたとは考えられない。亭主の朝次郎か。

「吉松は姉のお腹の子のことを気にしていました」

「お元は身籠《みご》もっているのか」

剣一郎はふと考え込んだ。

朝次郎が博打の負け金を払ったのが半年前。吉松が質屋に押込んだのがひと月ほど前……。

「そろそろ、打ち切りを」

川元朴善が口を入れた。

「では、峰吉。しっかり養生するのだ」

剣一郎は声をかけて立ち上がった。

外に出てから、あとのふたりを探すという徳三と別れ、剣一郎は両国橋を渡った。

半刻（一時間）後、いったん奉行所に戻った剣一郎は吟味与力の部屋を訪れ、橋尾左門と向かい合った。

「質屋殺しの件か」

左門は訝《いぶか》しげな顔を向けた。

「吉松は自首して来たというが、吉松の自白には不自然なところはなかったのか」

「不自然といえば、吉松は博打の負け金を支払うために質屋を襲ったというが、どこの賭場か言おうとしなかった。また、質屋には質草など入れてないのに、入質証文を漁《あさ》っていた。その理由がわからない」

「入質証文？」

「ただ、侵入経路や主人と番頭を刺した手際など、現場の様子と合致しており、下手人でなければわからないことを話していた」

「仮の話だが、もし吉松が身代わりだとしたら、どこか矛盾《むじゅん》があるか」

「身代わり？」

「そうだ。真の下手人から押込みの模様を事細かく聞いて、自首したとしたら？　入質証文はほんとうの下手人が探して奪ったとは考えられないか」

「うむ」

左門は唸《うな》ってから、

「しかし、死罪になるんだ。その罪の身代わりになるというのは考えられぬ」

と、反論した。

が、左門は剣一郎の顔を見て、顔色を変えた。

「まさか、吉松は身代わりだと？」

「その可能性は否定出来ない。失礼する」

啞然としている左門を残し、剣一郎は立ち去った。

奉行所を出ようとして、京之進に出会った。

「よいところで」

剣一郎は京之進に五郎太の件を話し、そして、ある企みを話した。

さらに、剣一郎は大事なことを命じた。

「『双子屋』の主人の持物を調べ、朝次郎に関わる証文を探すのだ」

三日後の夜、月明かりが、雑草の繁った庭を映し出している。元『三雲屋』の持物で、今は博徒の唐沢茂兵衛のものになっている別宅である。

この庭で剣一郎と京之進は植え込みの中に身を隠した。京之進が手札を与えている岡っ引きも控えている。

峰吉が意識を取り戻した。ついては、今後のことで相談したいことがある。そういう文面の手紙を、朝次郎と五郎太の双方に渡した。待ち合わせの場所は、この別宅の土蔵の前である。

五つ（午後八時）になるところだ。

「来ますでしょうか」

京之進が緊張した声で言う。

「来る。必ず、来る」

峰吉が回復したことで、不利になることはわかっているはずだ。

足音がした。黒いひと影が現れた。月が照らしたのは朝次郎の顔だった。辺りを用心深く見回しながら、土蔵に向かった。

しばらくして、新たな足音がした。複数だ。やがて、三つの影が現れた。先頭が、五郎太だ。

「何かあったのか」

朝次郎の声だ。

「それはこっちできききたい。奴が死ななかったからって、こっちには関係ない。なのに、どうして呼びつけた？」

五郎太の声のようだ。

「待て。いま、なんて言った？　呼びつけただと？　ばかを言うな。呼びつけたのはそっちじゃないか」

「冗談言うな。俺がそんなことをするはずない。何があっても、絶対に会わないと言ったのはそっちじゃないか」

「俺は呼んでない。おまえが文を寄越したから……。まさか」

朝次郎は辺りを見回した。

「朝次郎に五郎太。観念するのだ」

暗がりから飛び出し、剣一郎が鋭い声を発した。

「あっ、青痣……」

四人が身構えた。

「すでに、この屋敷は包囲されている。無駄な抵抗はやめろ」

京之進が叫ぶ。

「青柳さま。これはいったい何の真似でございますか。あっしには、いったい何のことかわかりませんぜ」

朝次郎がとぼけた。

「朝次郎。もう、ねたが上がっているのだ。しらばっくれてもだめだ」

「しらばっくれてなんていませんぜ」

「朝次郎。おまえは、吉松から峰吉のことを聞き、幾ばくかの金にしようと、『大津屋』に監禁の話を持ちかけたな」

「知らねえ」

「朝次郎、声が震えているな。『大津屋』から、正式に依頼を受け、五郎太とその仲間に峰吉の監禁を依頼した。せいぜいふつか閉じ込めておけばいいだけのことだった。ところが、一度は監禁したものの、峰吉は助け出された。五郎太を責めても仕方ない。そこで、おまえは五郎太に回向院境内で待ち伏せし、峰吉を殺すように命じたのだ」

「知らねえ。何のことかわからねえ」

朝次郎の声を引き取り、

「俺だって知らねえ」

と、五郎太も否定した。

「刺される寸前、峰吉はおまえの顔を見ていたんだ」

「嘘だ」

五郎太はふてぶてしく言う。

「おまえは峰吉を殺そうとしたばかりではない。吉松と女を心中に見せかけて殺した。違うか」

「何の話かわからねえ」

「朝次郎に頼まれたのだろう。朝次郎、五郎太に頼んだ覚えがあろう」

「冗談じゃありませんぜ。吉松は身内ですぜ。女房の弟を手にかけるなんて……」

「朝次郎」

剣一郎は相手の声を遮った。

「おまえは、唐沢茂兵衛の賭場で大負けした。その負け金を支払わないと、簀巻きにされて大川に放り込まれ、お元も借金の形にとられてしまう。それで、おまえは相生町一丁目にある『双子屋』という質屋から金を借りて、負け金をすべて支払った。やがて、質屋に金を返済する時期が来た。だが、とうてい返せない。借金の形は、やはりお元だ。それを条件に『双子屋』の主人は金を貸したのだろう。『双子屋』への返済期限が迫って、追い詰められたおまえは『双子屋』に押し入ったのだ。『双子屋』の押込みは吉松ではない。おまえの仕業だったんだ」

「冗談じゃありませんぜ。あれは吉松がやったんだ。それを知り、俺たちが説得し、吉松を自首させたんですぜ。お白洲でも、それははっきりしたこと」

「説得し、自首をさせたのは事実であろう。だが、それは、おまえの身代わりになれという説得だ」

「それは考えられませんぜ。死罪になるってのに、吉松が身代わりになるんて」

「お元のためだ。吉松は姉のために、犠牲になる気になったのだ。お腹の中に子どもがいると、お元は吉松に泣いて訴えたのではないか。吉松は姉のために犠牲になったのだ。もし、おまえが殺さなければ、姉は『双子屋』の主人の慰みものになってしまう。そのために、義兄は罪を犯したのだと、気のいい吉松は考えたのではないか」

「そんな証拠がどこにあるんですかえ」

「おまえは、『双子屋』に押し入った際、証文を探したな。型通りの入質証文だ。だが、それは見つからなかった。違うか。それが、あとになって見つかれば、自分に疑いが向くかもしれない。そのことを恐れ、吉松を身代わりに立てたのだ。朝次郎、おまえが探し出せなかった入質証文は見つかった」

「えっ」

朝次郎が短く叫んだ。

「寝間の文箱の奥にあった。その中に、お元を形にすると記されていたのだ。もはや、言い逃れは出来ぬ。観念しろ」

「ちくしょう」

朝次郎は懐から匕首を抜いて、剣一郎に突っかかって来た。

剣一郎は軽く身をかわし、相手の小手に手刀を打ちつけた。朝次郎は短く叫んで、匕首を落とした。岡っ引きがたちまち、朝次郎を縛り上げた。

逃げ出そうとした五郎太は京之進に行く手を阻まれた。

捕り方が門から殺到し、たちまち、逃げまどう五郎太たちを捕縛した。


その夜の大番屋での取調べで、朝次郎と五郎太は自白した。ほぼ、剣一郎の考えたとおりであった。

ふたりは本所の武家屋敷で開かれている賭場で知り合った。朝次郎は、唐沢茂兵衛の賭場でひどい負け方をしたというのに、懲りずに別の賭場に出入りをするようになったのだ。

吉松から峰吉の話を聞き、『大津屋』から謝礼が期待出来ると考え、剣一郎が考えたような行動に出たのだと話した。

しかし、監禁が失敗し、『大津屋』の前で大口を叩いて大枚の謝礼金を前渡しで受け取っていた手前もあり、峰吉を殺すしかなかったのだと白状した。

さらに、吉松殺しについて打ち明けた。

「吉松には、このままだと『双子屋』の主人にお元が借金の形にとられてしまう。それに、お元の腹にややこがいるのでと泣き落としで訴えて、身代わりを納得させたんです。腹違いとはいえ、たったひとりの身内なので、吉松はお元の頼みを退けられなかったんです。料理屋の仲居をやりながら自分を育ててくれたことに恩誼《おんぎ》を感じているようでしたから。お元は、吉松を身代わりにすることは忍びなかったでしょうが、あっしとの暮らしを守るためには仕方ないと、心を鬼にしたんです。でも、身代わりを引き受けてくれたものの、吉松は気が小さいので、死ぬことが怖くなっていつ心変わりをするか心配でした。時間が経てば経つほど、生への執着が出て来る。そうなったら、助かりたいがために、ほんとうのことを口にするかもしれない。そのことで、毎日怯えていました。そんなときに、あの火事騒ぎです。切り放しになったあと、無事に牢に戻れば罪一等が減じられる。吉松は遠島で済むかもしれない。生き長らえれば、やがてお元が身籠もった件が嘘だとわかってしまう。自分は騙されたと気づき、洗いざらい喋られてしまいかねない。だから、お元がおふくに頼み込み、吉松を誘惑し、牢に帰る刻限に間に合わぬようにさせたんです。おふくには借金があり、金を積んで頼んだんです。亀戸天満宮の空き家に吉松を誘い、おふくと引き合わせました。こっちの思ったとおり、吉松はおふくの体に夢中になってついに刻限に間に合わなくなったのです。これで、吉松の死罪は免れない。そう安心したのもつかの間、おふくといっしょに生きたいと、吉松が言い出したんです。つまり、もうこれ以上の身代わりはいやだと。そんなことをされたら、こっちの身が危ない。それで、心中に見せかけて殺したのです」

この自白を受けて、翌朝、京之進が『大津屋』に踏み込み、音右衛門と音次郎を捕縛した。

十日後、厳しい残暑もおさまり、ようやく秋風を感じられるようになった。深川の西行寺にも夕闇が迫ろうとしていた。

いつものように、徳三が煙の上がった線香と花を持って、夢路の墓の前にやって来た。

線香を立て、花を供え、徳三は長い間合掌をしていた。徐々に闇が広がっていく。

やがて、手を離し、徳三は土の上に正座をした。それから、まるで何か語りかけるように、墓前に顔を向けた。

おもむろに、徳三は懐から匕首を取り出した。それを抜くと、鞘を墓の前に置き、着物の前を押し広げた。

刃先を自分の腹に突き立てようとしたとき、剣一郎は飛び出した。

「そこまでだ」

その声に、徳三の動きが止まった。

「青柳さま」

徳三が小さく呟いた。

剣一郎は呆気にとられている徳三から匕首を取り上げた。

「もう、それでよい」

「えっ？」

「きょうは夢路の命日。そなたが江戸に来て三年目。何かあるのではないか気にしていたのだ」

「旗田蔦三郎どのはこれで死んだ。いま、目の前にいるのは羅宇屋の徳三だ」

「………」

「どうして……?」

徳三は目を剝いた。

「そなたのことを話してくれたのは与力の宇野清左衛門さまだ。宇野さまは、旗田どのの騒ぎのときに捕物出役で出張ったお方。池之端仲町での見事な技が、そなたが旗田蔦三郎どのであることを明かしていた」

「………」

「旗田どのが、この三十年間、どのような人生を歩んできたかわからぬ。だが、そなたの風雪を刻んだような皺の数々から、過酷な人生を想像出来る。十分に罪の報いを受けたといっていい。しかし、旗田どのはいまを限りに死んだのだ。わかるか。旗田蔦三郎は夢路の墓の前で、死んだ」

「青柳さま」

「徳三。そなたのおかげで峰吉は助かった。傷が癒えるまで、もうしばらくかかるが、おそらく江戸追放の沙汰になるであろう。峰吉はこれから江戸を離れてひとりで生きていかねばならぬのだ。徳三。峰吉の力になってやって欲しい。峰吉の傷が癒え、江戸追放の沙汰が下るまであと三ヵ月前後はかかろう。それまで、江戸に留まり、峰吉といっしょに江戸を離れるのだ」

峰吉は二度とおちかを殺そうなどというばかな考えを持たないだろうが、剣一郎は徳三に監督して欲しいと頼んだのだ。『大津屋』は峰吉に命を狙われているという事情があったことを考慮し、追放の上に家屋敷、家財没収となるべきところを、慈悲により、百日の戸締という刑になった。

門戸を釘で打ちつけ、店を閉ざされるのだ。百日間、商売が出来ず、店の信用にも影響が及ぶ。

『大津屋』にとっては、大きな痛手であろう。金に目が眩《くら》んで峰吉を裏切ったおちかにとって大きなしっぺ返しとなった。

一方、朝次郎と五郎太の吟味はまだ続いているが、おそらくふたりは死罪、お元は遠島。五郎太の仲間ふたりも遠島ということになるであろう。

「峰吉の傷が癒えるまで、待ってくれるか」

剣一郎は改めてきいた。

「はっ、ありがとうございます」

徳三は深々と頭を下げた。

ほんとうは、この三十年間、旗田蔦三郎がどのような人生を歩んで来たのか聞きたかった。

だが、目の前の年寄りに、そういう過酷な頼みをすることは出来なかった。ただ、徳三と静かに酒を酌み交わしたいと思った。

「徳三。もう、立ったらどうだ」

「へい」

徳三は素直に立ち上がって、

「青柳さま」

と、呼びかけた。

「一度、青柳さまとゆるりとお話ししとうございます。徳三としてではなく、旗田蔦三郎として。どうか、旗田蔦三郎の話を聞いてくださいませぬか」

「ぜひ、お聞きしたい」

剣一郎は即座に応じた。

夢路の墓の前にいるふたりの姿を、夜の帳《とばり》が隠していった。

一〇〇字書評

切り取り線

夏炎

購買動機（新聞、雑誌名を記入するか、あるいは○をつけてください）

□（　　　　　　　　　　　　　　）の広告を見て
□（　　　　　　　　　　　　　　）の書評を見て
□ 知人のすすめで　　　　　　□ タイトルに惹かれて
□ カバーが良かったから　　　□ 内容が面白そうだから
□ 好きな作家だから　　　　　□ 好きな分野の本だから

・最近、最も感銘を受けた作品名をお書き下さい

・あなたのお好きな作家名をお書き下さい

・その他、ご要望がありましたらお書き下さい

住所	〒				
氏名		職業		年齢	
Eメール	※携帯には配信できません		新刊情報等のメール配信を 希望する・しない		

この本の感想を、編集部までお寄せいただけたらありがたく存じます。今後の企画の参考にさせていただきます。Eメールでも結構です。

いただいた「一〇〇字書評」は、新聞・雑誌等に紹介させていただくことがあります。その場合はお礼として特製図書カードを差し上げます。

前ページの原稿用紙に書評をお書きの上、切り取り、左記までお送り下さい。宛先の住所は不要です。

なお、ご記入いただいたお名前、ご住所等は、書評紹介の事前了解、謝礼のお届けのためだけに利用し、そのほかの目的のために利用することはありません。

〒一〇一−八七〇一
祥伝社文庫編集長　坂口芳和
電話　〇三（三二六五）二〇八〇

祥伝社ホームページの「ブックレビュー」からも、書き込めます。

http://www.shodensha.co.jp/bookreview/

祥伝社文庫

夏炎《かえん》　風烈廻《ふうれつまわ》り与力《よりき》・青柳剣一郎《あおやぎけんいちろう》

平成23年10月20日　初版第1刷発行

著　者　小杉健治《こすぎけんじ》
発行者　竹内和芳
発行所　祥伝社《しょうでんしゃ》
東京都千代田区神田神保町3-3
〒101-8701
電話　03（3265）2081（販売部）
電話　03（3265）2080（編集部）
電話　03（3265）3622（業務部）
http://www.shodensha.co.jp/
印刷所　堀内印刷
製本所　ナショナル製本
カバーフォーマットデザイン　中原達治

Printed in Japan ©2011, Kenji Kosugi　ISBN978-4-396-33717-9 C0193

祥伝社文庫の好評既刊

小杉健治
目付殺し　風烈廻り与力・青柳剣一郎⑧
腕のたつ目付を屠った凄腕の殺し屋を追う、剣一郎配下の同心とその父の執念！　情と剣とで悪を断つ！

小杉健治
闇太夫《やみだゆう》　風烈廻り与力・青柳剣一郎⑨
百年前の明暦大火に匹敵する災厄が起こる？　誰かが途轍もないことを目論んでいる…危うし、八百八町！

小杉健治
待伏せ　風烈廻り与力・青柳剣一郎⑩
絶体絶命、江戸中を恐怖に陥れた殺し屋で、かつて風烈廻り与力青柳剣一郎が取り逃がした男との因縁の対決を描く！

小杉健治
まやかし　風烈廻り与力・青柳剣一郎⑪
市中に跋扈《ばっこ》する非道な押込み。探索命令を受けた青柳剣一郎が、盗賊団に利用された侍と結んだ約束とは？

小杉健治
子隠し舟　風烈廻り与力・青柳剣一郎⑫
江戸で頻発する子どもの拐かし。犯人捕縛へ〝三河万歳〟の太夫に目をつけた青柳剣一郎にも魔手が……。

小杉健治
追われ者　風烈廻り与力・青柳剣一郎⑬
ただ、〝生き延びる〟ため、非道な所業を繰り返す男とは？　追いつめる剣一郎の執念と執念がぶつかり合う。

祥伝社文庫の好評既刊

小杉健治
詫び状 風烈廻り与力・青柳剣一郎⑭
押し込みに御家人飯尾吉太郎の関与を疑う剣一郎。そんな中、倅の剣之助から文が届いて…。

小杉健治
向島心中 風烈廻り与力・青柳剣一郎⑮
剣一郎の命を受け、倅・剣之助は鶴岡へ。哀しい男女の末路に秘められた、驚くべき陰謀とは？

小杉健治
袈裟《けさ》斬り 風烈廻り与力・青柳剣一郎⑯
立て籠《こ》もった男を袈裟懸《けさが》けに斬り捨てた謎の旗本。一躍有名になったその男の正体を、剣一郎が暴く！

小杉健治
仇返《あだがえ》し 風烈廻り与力・青柳剣一郎⑰
付け火の真相を追う剣一郎と、二年ぶりに江戸に帰還する倅・剣之助。それぞれに迫る危機！　最高潮の第十七弾。

小杉健治
春嵐《しゅんらん》（上） 風烈廻り与力・青柳剣一郎⑱
不可解な無礼討ち事件をきっかけに連鎖する事件。剣一郎は、与力の矜持《きょうじ》と正義を賭け、黒幕の正体を炙《あぶ》り出す！

小杉健治
春嵐（下） 風烈廻り与力・青柳剣一郎⑲
事件は福井藩の陰謀を孕《はら》み、南町奉行所をも揺るがす一大事に！　巨悪に立ち向かう剣一郎の裁きやいかに？

祥伝社文庫　今月の新刊

西村京太郎
十津川警部の挑戦（上・下）
十津川、捜査の鬼と化す。
西村ミステリーの金字塔！

原　宏一
東京箱庭鉄道
28歳、知識も技術ない
〝おれ〟が鉄道を敷くことに!?

南　英男
裏支配　警視庁特命遊撃班
大胆で残忍な犯行を重ねる謎
の組織に、遊撃班が食らいつく。

渡辺裕之
殺戮《さつりく》の残香　傭兵代理店
米・露の二大謀略機関を敵に
回し、壮絶な戦いが始まる！

太田靖之
渡り医師犬童《けんどう》
現代産科医療の現実を抉る
医療サスペンス。

鳥羽　亮
右京烈剣　闇の用心棒
夜盗が跋扈するなか、殺し人
にして義理の親子の命運は？

辻堂　魁
天空の鷹《たか》　風の市兵衛
話題沸騰！　賞賛の声、続々！
「まさに時代が求めたヒーロー」

小杉健治
夏炎《かえん》　風烈回り与力・青柳剣一郎
自棄になった科人を改心させ
た謎の〝羅宇屋〟の正体とは？

野口　卓
獺祭《だっさい》　軍鶏《しゃも》侍
「ものが違う。これぞ剣豪小説！」
弟子を育て、人を見守る生き様。

睦月影郎
うるほひ指南
知りたくても知り得なかった
女体の秘密がそこに!?

沖田正午
ざまあみやがれ　仕込み正宗
壱等賞金一万両の富籤を巡る
悪だくみを討て！